该忘的忘 该放的放

史铁生，丰子恺等◎著

四川文艺出版社

图书在版编目（CIP）数据

该忘的忘　该放的放 / 史铁生等著. -- 成都 : 四川文艺出版社, 2024.1
ISBN 978-7-5411-6837-6

Ⅰ. ①该… Ⅱ. ①史… Ⅲ. ①散文集－中国－现代 Ⅳ. ①I266

中国国家版本馆 CIP 数据核字 (2023) 第 230859 号

GAIWANGDEWANG　GAIFANGDEFANG

该忘的忘　该放的放

史铁生，丰子恺等 著

出品人	谭清洁
策划编辑	孙晓萍
责任编辑	姚晓华
特约编辑	王新瑶
内文设计	谢　博
封面设计	胡椒书衣
责任校对	段　敏
责任印制	孙文超

出版发行	四川文艺出版社(成都市锦江区三色路238号)
网　址	www.scwys.com
电　话	010-82372882(发行部)

印　刷	凯德印刷（天津）有限公司		
成品尺寸	145mm×210mm	开　本	32开
印　张	6.5	字　数	128千字
版　次	2024年1月第1版	印　次	2024年1月第1次印刷
书　号	ISBN 978-7-5411-6837-6		
定　价	56.00元		

出版说明

“世界是个舞台，人生像一幕戏。”

人生如戏，亦有长短。有些人的一生像长篇系列剧，有着丰富的经历，有着充足的细节；有些人的一生像不足两小时的电影，在短暂的演绎中绽放绚丽的花火。待到戏终散场，回顾往昔，如沉醉梦中。那些无言的忧愁，那些嵌入生命中的允诺，那些珍贵的记忆，都是我们精神的食料，滋养着我们，支撑着我们。

但并非所有经历都值得铭记，有些遗憾、有些痛苦、有些执念，该忘的就忘却，该放下的就放下，不必做那长戚戚的小人。舍掉无用的负担，才能在滔滔人间寻得清欢。

本书收录了众多名家的经典佳作，每一篇都体现出作者对人生经历的描摹和对往昔回忆的感慨。他们或是情感丰富，善于歌颂爱情、友情的美妙；或是心胸豁达，面对苦难能调侃、自嘲。他们始终相信，纵使经历诸多遗憾和坎坷，只要静心体悟，不放弃对美好的向往，总能收获属于自己的美好。

本书所选散文分为七个篇章：短如一生又复长如一生、人生如沉醉的梦中、回忆都是我精神的食料、倾听生命的允诺、你知否我无言的忧衷、不做长戚戚的小人、滔滔人间寻清欢。作者包括史铁生、朱自清、丰子恺、王统照、邹韬奋、夏丏尊、梁启超、老舍、叶圣陶、石评梅、沈从文、梁遇春、徐志摩、庐隐、瞿秋白、何其芳等十几位文艺大家，在文中，他们分享了各自人生中的遗憾、欣喜与生活感悟。从中我们也能体会到他们的人生态度和处世经验，这些态度与经验将指引我们忘却痛苦，寻得清欢。

在编排方面，本书增加了充满哲理和诗意的中国绘画，并搭配与画作意境相合的文中语句，赏美文，品名画，美美与共，感悟人生。

在文字方面，本书尽量尊重作者原作的语言风格习惯，保证文字的原汁原味；但由于篇幅所限，部分文章进行了节选，并加以标注。

书中还增加了一些编者注，以方便阅读，主要包括两方面：部分不常见、不常用的字词和英文；部分不同于现行标准的译名、诗句。

由于编者水平所限，如有错漏，敬请读者批评指正。

目　录

contents

壹　短如一生又复长如一生

贰　人生如沉醉的梦中

叁　回忆都是我精神的食料

肆　倾听生命的允诺

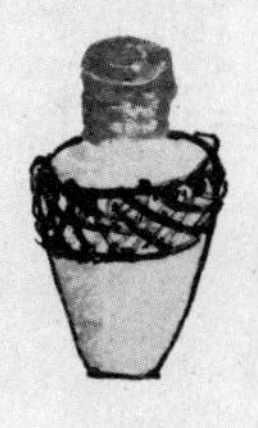

伍　你知否我无言的忧衷

陆　不做长戚戚的小人

柒　滔滔人间寻清欢

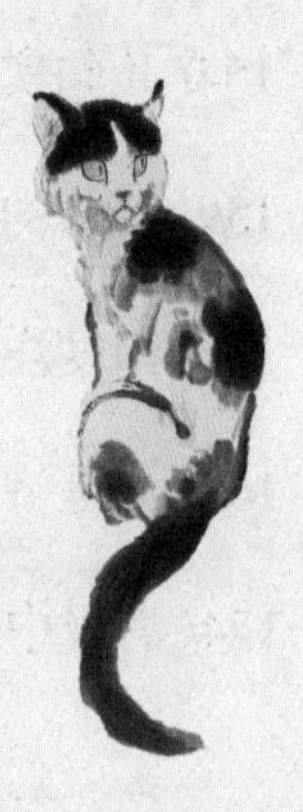

壹 短如一生又复长如一生

因为要求好好的生，断不能用总解决的办法；若用总解决的办法，便是“好好的”三个字的意义，也尽够你一生的研究了，而“好好的生”终于不能努力去求的！

——朱自清

渐

/

丰子恺

使人生圆滑进行的微妙的要素，莫如“渐”；造物主骗人的手段，也莫如“渐”。在不知不觉之中，**天真烂漫的孩子**“渐渐”变成野心勃勃的青年；慷慨豪侠的青年“渐渐”变成冷酷的成人；血气旺盛的成人“渐渐”变成顽固的老头子。因为其变更是渐进的，一年一年地、一月一月地、一日一日地、一时一时地、一分一分地、一秒一秒地渐进，犹如从斜度极缓的长远的山坡上走下来，使人不察其递降的痕迹，不见其各阶段的境界，而似乎觉得常在同样的地位，恒久不变，又无时不有生的意趣与价值，于是人生就被确实肯定，而圆滑进行了。假使人生的进行不像山坡而像风琴的键板，由 do 忽然移到 re，即如昨夜的孩子今朝忽然变成青年；或者像旋律的“接离进行”地由 do 忽然跳到 mi，即如朝为青年而夕暮忽成老人，人一定要惊讶、感慨、悲伤，或痛感人生的无常，而不乐为人了。故可知人生是由“渐”维持的。这在女人恐怕尤为必要：歌剧中，舞台上的如花的少女，就是将来火炉旁边的老婆子，这句话，骤听使人不能相信，少女也不肯承认，实则现在的老婆子都是由如花的少女“渐渐”变成的。

天真烂漫的孩子

人之能堪受境遇的变衰，也全靠这“渐”的助力。巨富的纨袴子弟因屡次破产而“渐渐”荡尽其家产，变为贫者；贫者只得做佣工，佣工往往变为奴隶，奴隶容易变为无赖，无赖与乞丐相去甚近，乞丐不妨做偷儿……这样的例子，在小说中，在实际上，均多得很。因为其变衰是延长为十年二十年而一步一步地“渐渐”地达到的，在本人不感到什么强烈的刺激。故虽到了饥寒病苦刑笞交迫的地步，仍是熙熙然贪恋着目前的生的欢喜。假如一位千金之子忽然变了乞丐或偷儿，这人一定愤不欲生了。

这真是大自然的神秘的原则，造物主的微妙的功夫！阴阳潜移，春秋代序，以及物类的衰荣生杀，无不暗合于这法则。由萌芽的春“渐渐”变成绿荫的夏；由凋零的秋“渐渐”变成枯寂的冬。我们虽已经历数十寒暑，但在围炉拥衾的冬夜仍是难于想象饮冰挥扇的夏日的心情；反之亦然。然而由冬一天一天地、一时一时地、一分一分地、一秒一秒地移向夏，由夏一天一天地、一时一时地、一分一分地、一秒一秒地移向冬，其间实在没有显著的痕迹可寻。昼夜也是如此：傍晚坐在窗下看书，书页上“渐渐”地黑起来，倘不断地看下去（目力能因了光的渐弱而渐渐加强），几乎永远可以认识书页上的字迹，即不觉昼之已变为夜。黎明凭窗，不瞬目地注视东天，也不辨自夜向昼的推移的痕迹。儿女渐渐长大起来，在朝夕相见的父母全不觉得，难得见面的远亲就相见不相识了。往年除夕，我们曾在红蜡烛底下守候水仙花的开放，真是痴态！倘水仙花果真当面开放给我们看，便是大自然的原则的破坏，宇宙的根本的摇动，世界人类的末日临到了！

“渐”的作用，就是用每步相差极微极缓的方法来隐蔽时间的过去与事物的变迁的痕迹，使人误认其为恒久不变。这真是造物主骗人的一大诡计！这有一件比喻的故事：某农夫每天朝晨抱了犊而跳过一沟，到田里去工作，夕暮又抱了它跳过沟回家。每日如此，未尝间断。过了一年，犊已渐大，渐重，差不多变成大牛，但农夫全不觉得，仍是抱了它跳沟。有一天他因事停止工作，次日再就不能抱了这牛而跳沟了。造物的骗人，使人留连于其每日每时的生的欢喜而不觉其变迁与辛苦，就是用这个方法的。人们每日在抱了日重一日的牛而跳沟，不准停止。自己误以为是不变的，其实每日在增加其苦劳！我觉得时辰钟是人生的最好的象征了。时辰钟的针，平常一看总觉得是“不动”的；其实人造物中最常动的无过于时辰钟的针了。日常生活中的人生也如此，刻刻觉得我是我，似乎这“我”永远不变，实则与时辰钟的针一样地无常！一息尚存，总觉得我仍是我，我没有变，还是留连着我的生，可怜受尽“渐”的欺骗！

“渐”的本质是“时间”。时间我觉得比空间更为不可思议，犹之时间艺术的音乐比空间艺术的绘画更为神秘。因为空间姑且不追究它如何广大或无限，我们总可以把握其一端，认定其一点。时间则全然无从把握，不可挽留，只有过去与未来在渺茫之中不绝地相追逐而已。性质上既已渺茫不可思议，分量上在人生也似乎太多。因为一般人对于时间的悟性，似乎只够支配搭船乘车的短时间；对于百年的长期间的寿命，他们不能胜任，往往迷于局部而不能顾及全体。试看乘火车的旅客中，常有明达的人，有的宁牺牲暂时的安乐而让其座位于老弱者，以求心的太平（或博暂时的美誉）；有的见众人争先下车，而退在后面，或高呼“勿要轧，总有得下去的！”“大家都要下去的！”然而在乘“社会”或“世界”的大火车的“人生”的长期的旅客中，就少有这样的明达之人。所以我觉得百年的寿命，定得太长。像现在的世界上的人，倘定他们搭船乘车的期间的寿命，也许在人类社会上可减少许多凶险残惨的争斗，而与火车中一样地谦让，和平，也未可知。然人类中也有几个能胜任百年的或千古的寿命的人。那是“大人格”，“大人生”。他们能不为“渐”所迷，不为造物所欺，而收缩无限的时间并空间于方寸的心中。故佛家能纳须弥于芥子。中国古诗人（白居易）说：“蜗牛角上争何事？石火光中寄此身。”英国诗人（Blake[1]）也说：“一粒沙里见世界，一朵花里见天国；手掌里盛住无限，一刹那便是永劫。”

① Blake：威廉·布莱克（William Blake，1757—1827），英国重要的浪漫主义诗人。——编者注

刹那

/

朱自清

我所谓“刹那”，指“极短的现在”而言。

在这个题目下面，我想略略说明我对于人生的态度。现在人说到人生，总要谈它的意义与价值；我觉得这种“谈”是没有意义与价值的。且看古今多少哲人，他们对于人生，都曾试作解人，议论纷纷，莫衷一是；他们“各思以其道易天下”，但是谁肯真个信从呢？——他们只有自慰自驱吧了！我觉得人生的意义与价值横竖是寻不着的——至少现在的我们是如此——而求生的意志却是人人都有的。既然求生，当然要求好好的生。如何求好好的生，是我们各人“眼前的”最大的问题；而全人生的意义与价值却反是大而无当的东西，尽可搁在一旁，存而不论。因为要求好好的生，断不能用总解决的办法；若用总解决的办法，便是“好好的”三个字的意义，也尽够你一生的研究了，而“好好的生”终于不能努力去求的！

这不是走入牛角湾里去了么？要求好好的生，须零碎解决，须随时随地去体会我生“相当的”意义与价值；我们所要体会的是刹那间的人生，不是上下古今东西南北的全人生！

壹　短如一生又复长如一生

着眼于全人生的人，往往忘记了他自己现在的生活。他们或以为人生的意义与价值在于过去；时时回顾着从前的黄金时代，涎垂三尺！而不知他们所回顾的黄金时代，实是传说的黄金时代！——就是真有黄金时代；区区的回顾又岂能将它招回来呢？他们又因为念旧的情怀，往往将自己的过去任情扩大，加以点染，作为回顾的资料，惆怅的因由。这种人将在惆怅、惋惜之中度了一生，永没有满足的现在——一刹那也没有！惆怅惋惜常与彷徨相伴；他们将彷徨一生而无一刹那的成功的安息！这是何等的空虚呀。着眼于全人生的，或以为人生的意义与价值在于将来；时时等待着将来的奇迹。而将来的奇迹真成了奇迹，永不降临于笼着手，踮着脚，伸着颈，只知道"等待"的人！他们事事都等待"明天"去做，"今天"却专作为等待之用；自然的，到了明天，又须等待明天的明天了。这种人到了死的一日，将还留着许许多多明天"要"做的事——只好来生再做了吧！他们以将来自驱，在徒然的盼望里送了一生，成功的安慰不用说是没有的，于是也没有满足的一刹那！"虚空的虚空"便是他们的运命了！这两种人的毛病，都在远离了现在——尤其是眼前的一刹那。

着眼于现在的人未尝没有。自古所谓"及时行乐"，正是此种。但重在行乐，容易流于纵欲；结果偏向一端，仍不能得着健全的、谐和的发展——仍不能得着好好的生！况且所谓"及时行乐"，往往"醉翁之意不在酒"；不过借此掩盖悲哀，并非真正在行乐。杨恽说："及时行乐耳；须富贵何时！"明明是不得志时的牢骚语。

遇饮酒时须饮酒

“**遇饮酒时须饮酒**，得高歌处且高歌”，明明是哀时事不可为而厌世的话。这都是消极的！消极的行乐，虽属及时，而意别有所寄；所以便不能认真做去，所以便不能体会行乐的一刹那的意义与价值——虽然行乐，不满足还是依然，甚至变本加厉呢！欧洲的颓废派，自荒于酒色，以求得刹那间官能的享乐为满足；在这些时候，他们见着美丽的幻象，认识了自己。他们的官能虽较从前人敏锐多多，但心情与纵欲的及时行乐的人正是大同小异。他们觉到现世的苦痛，已至忍无可忍的时候，才用颓废的方法，以求暂时的遗忘；正如糖面金鸡纳霜丸一般，面子上一点甜，里面却到心都是苦呀！友人某君说，颓废便是慢性的自杀，实能道出这一派的精微处。总之，无论行乐派，颓废派，深浅虽有不同，却都是“伤心人别有怀抱”；他们有意的或无意的企图“生之毁灭”。这是求生意志的消极的表现；这种表现当然不能算是好好的生了。他们面前的满足安慰他们的力量，决不抵他们背后的不满足压迫他们的力量；他们终于不能解脱自己，仅足使自己沉沦得更深而已！他们所认识的自己，只是被苦痛压得变形了的，虚空的自己；决不是充实的生命，决不是的！所以他们虽着眼于现在，而实未体会现在一刹那的生活的真味；他们不曾体会着一刹那的意义与价值，仍只是白辜负他们的刹那的现在！

我们目下第一不可离开现在，第二还应执着现在。我们应该深入现在的里面，用两只手揿牢它，愈牢愈好！已往的人生如何的美好，或如何的乏味而可憎；已往的我生如何的可珍惜，或如何的可厌弃，“现在”都可不必去管它，因为过去的已“过去”了——孔子岂不说“往者不可谏”么？将来的人生与我生，也应作如是观；无论是有望，是无望，是绝望，都还是未来的事，何必空空的操心呢？要晓得“现在”是最容易明白的；“现在”虽不是最好，却是最可努力的地方，就是我们最能管的地方。因为是最能管的，所以是最可爱的。古尔孟曾以葡萄喻人生：说早晨还酸，傍晚又太熟了，最可口的是正午时摘下的。这正午的一刹那，是最可爱的一刹那，便是现在。事情已过，追想是无用的；事情未来，预想也是无用的；只有在事情正来的时候，我们可以把捉它，发展它，改正它，补充它：使它健全，谐和，成为完满的一段落，一历程。历程的满足，给我们相当的欢喜。譬如我来此演讲，在讲的一刹那，我只专心致志的讲；决不想及演讲以前吃饭，看书等事，也不想及演讲以后发表讲稿，毁誉等事。——我说我所爱说的，说一句是一句，都是我心里的话。我说完一句时，心里便轻松了一些，这就是相当的快乐了。这种历程的满足，便是我所谓“我生相当的意义与价值”，便是“我们所能体会的刹那间的人生”。无论您对于全人生有如何的见解，这刹那间的意义与价值总是不可埋没的。您若说人生如电光泡影，则刹那便是光的一闪，影的一现。这光影虽是暂时的存在，但是有不是无，是实在不是空虚；这一闪一现便是实现，也便是发展——也便是历程的满足。您若说人生是不朽的，刹那的生当然也是不朽的。您若说人生向着死之路，那么，未死前的一刹那总是生，总值得好好的体会一番的；何况未死前还有无量数的刹那呢？您若说人生是无限的，好，刹那也可说是无限的。无论怎样说，刹那总是有的，总是真的；刹那间好好的生总可以体会的。好了，不要思前想后的了，耽误了“现在”，又是后来惋惜的资料，向谁去追索呀？你们“正在”做什么，就尽力做什么吧；最好的是 -ing[①]，可宝贵的 -ing 呀！你们要努力满足“此时此地此我”！——这叫做“三此”，又叫做刹那。

① -ing：英文后缀，可用于动词后表示进行时态。——编者注

壹　短如一生又复长如一生

言尽于此，相信我的，不要再想，赶快去做你今晚的事吧；不相信的，也不要再想，赶快去做你今晚的事吧！

光阴

/

陆蠡

我曾经想过，如若人们开始爱惜光阴，那末他的生命的积储是有一部分耗蚀的了。年青人往往不知珍惜光阴。犹如拥资巨万的富家子，他可以任意挥霍他的钱财，等到黄金垂尽便吝啬起来，而懊悔从前的浪费了。

我平素不大喜爱表和钟这一类东西。它金属的利齿窣窣窣窣地将光阴啮食，而金属的手表的的答答地将时间一分一秒地数给我。当我还有丰余的生命留在后面，在时光的账页上我还有可观的储存，我会像一个守财奴，斤斤计较寸金和寸阴的市价么？偶然我抬头望到壁上的日历，那种红字和黑字相间的纸页把光阴划分成今天和明天。谁说动物中人是最聪明的？他们把连续的时间分成均匀的章节，费许多精神去较量它们的短长。最初他们用粗拙的工具刻划在树皮上代表昼夜，现在的人们则将日子印在没有重量的纸条上，每逢揭下一张来，便不禁想“啊！又过了一天！”怎样我会起了这些古怪的念头呢？是最近的一个秋日的傍晚，我在近郊散步，我迎着苍黄的落日走过去，复背着它的光辉走回来，足踩着自己的影子。“我是牵着我的思想在散步。”我对自己说。“我是蹑踪着我的影子，看我赶不赶得过它？”我一面走一面自语。“我在看我自己影子的生长，看它愈长愈快，愈快愈长。”我独语。总之，我是在散步罢了。我携着我的思想一同散步。它是羞怯得畏见阳光，老躲在我的影子里。使得我和它谈话，不得不偏过头去，伛偻着身子，正如一个高大的男子低头和身边的女子说话，是那么轻声地，絮絮地。

我们走着走着，不知从哪里来的一枚树叶，飘坠在我们的脚前。那样轻，怕跌碎的样子。要不是四周是那么静寂，我准不会注意。但我注意到了，我捡了起来，我试想分辨它是什么树叶？梧桐的，枫槭的，还是樗栎的？但我恍若看到**这不是一张树叶，分明是一张日历**，一张被不可见的手扯下来的日历。这上面写着的是一个无形的字：“秋”。

“秋”，我微喟一声。

“秋，秋”，我的思想躲在我的影子里和答我。

我感到有点迟暮了。好像这个字代表一段逝去的光阴。

“逝去的光阴”，我的思想如刁钻的精灵，摸着了我的心思。

“光……阴，”这两个平声的没有低昂的字眼，在我的耳边震响。

光阴要逝去么？却藉落叶通知我。我岂不曾拥有过大量的光阴，这年青人唯一的财产，一如富贾之子拥有巨资。我曾是光阴富有者。同时我也想起了两个惜阴的人。

正是这样秋暖的日子，在很早很早以前。家门前的禾场上排列着一行行的谷簟，在阳光下曝晒着田里新收割来的谷粒。芙蓉

这不是一张树叶，分明是一张日历

花盛开着。我坐在它的荫下，坐在一只竹箩里面，——我的身子还装不满一竹箩——我玩着谷堆里捉来的蚱蜢螳螂和甲虫，我玩着玩着，无意识地玩去我的光阴。祖父是爱惜光阴的。他匆匆出去，匆匆回来，复匆匆出去，不肯有一刻休息。但是他珍惜也没有用，他仅有不多的光阴。等到他在一个悄然的夜晚，撇下我们而去时，我还不懂他为什么要离开我们，原来他把光阴用尽了。

壹　短如一生又复长如一生

还是在不多年以前，父亲写信给我说："你现在长大了，应该知道光阴的可贵。听说你在学校里专爱玩，功课也不用功……"父亲也珍惜起光阴来了。大概他开始忧光阴之穷匮，遂于无意之中把忧心吐露给我。在当时我是不能领会的。我仍是嫌光阴过得太慢。"今天是星期一呢！"便要发愁。"什么时候是圣诞节呢？"虽则我并不喜欢这异邦的节日。"怎样还不放假呢？"我在打算怎样过那些佳美的日子。光阴是推移得太慢了，像跛脚的鸭子。于是我用欢笑去噪逐它，把它赶得快些。正如执棰的孩子驱着鸭群，呼哨起快活的声音促紧不善于行的水禽的脚步，我曾用欢笑驱赶我的光阴。

"你曾用欢笑驱赶你的光阴。"我的思想像"回声"的化身，复述我的话。

但是很久不那么做了。竟有一次我坐在房里整半天不出去。我伏在案前，目视着阳光从桌面的一端移到另一端。我用一根尺，一只表，来计算阳光的足在我的桌面移动的速度，我观察了计算了好久。蓦然有一种感触浮起在我的胸际，我为什么干这玩意儿呢？我看见了多少次阳光从我的桌面爬过？我有多少次看见阳光从我的窗口探入，复悄悄地退出。我惯用双手交握成各种样式，遮断它的光线，把影子投在粉壁上，做出种种动物的形状，如一头羊，一只螃蟹，一只兔；或则喝一口水，朝阳光喷去，令微细的水滴把光线散成彩虹的颜色。何时使我的心变成沉重，像吝啬的老人计数他的金钱，我也在计算光阴的速度呢？我曾讥笑惜阴人之不智，终也让别人来讥笑自身么？“你也在计算光阴的速度了。”我的思想像喜灾乐祸似的，揶揄我。

真的，我在计算光阴的速度了。我想到光阴速度的相对性，得到这样的结论：感觉上的光阴的速度是年龄的函数。我试在一张白纸上列出如下的方程式：“光阴的速度等于年龄的正切的微分。”当年龄从零岁开始，进入无知的童年，感觉上的光阴速度是极微渺的。等到年龄的角度随岁月转过了半个象限（我暂将不满百的人生比作一个象限，半个象限是四十五岁了），正切线的变化便非常迅速。光阴流逝的感觉便有似白驹，似飞矢，瞬息千里了。我想了又想，渐渐陷入了一个不能自拔的思索的阱里。想到我自己在人生的象限上转过了几度呢？犹如作茧自缚，我自己衍出方程式而复把自己嵌在这式子里面，我悲哀了。

“你自己衍出方程式而复把自己嵌在里面。”思想嘤然回答，已无尖酸的口吻。

但是我无法改正这方程式，这差不多是正确的。在我的知识范围内不能发现它的错误。啊，悲哀的来源，我想把这公式从我的脑筋中擦去，已是不可能。正如我刚才捡起来的树叶，无法把它装回原来的枝上。我重新谛视这片叶，上面仍依稀显现着无形的字：“秋”。

另一天，从另一枝柯上，会有不可见的手扯下另一片树叶——是一张日历——那上面写的应该是另一个字，“冬！”

“冬”，我的思想似乎失去了回答的气力。

“秋，……冬，”又是两个没有低昂的平声的字眼，像一滴凉水滴进我的心胸，使我有点寒意。我不能再散步了，我携着我的思想走回家，正如那西洋妇人携着她的狗，施施归去。此后我就想起：如若人们开始爱惜光阴，那末他的生命的积储是有一部分耗蚀的了。

相逢何必曾相识

/

史铁生

等有一天我们这伙人真都老了，七十，八十，甚至九十岁，白发苍苍还拄了拐棍儿，世界归根结底不是我们的了，我们已经是（夏令时）傍晚七八点钟的太阳，即便到那时候，如果陌路相逢我们仍会因为都是“老三届”而“相逢何必曾相识”。那么不管在哪儿，咱们找一块不碍事的地方坐下——再说那地方也清静。“您哪届？”“六六。您呢？”（当年是用“你”字，那时都说“您”了，由此见出时间的作用。）“我六八。”“初六八高六八？”“老高一。”“那您大我一岁，我老初三。”倘此时有一对青年经过近旁，小伙子有可能拉起姑娘快走，疑心这俩老家伙念的什么咒语。“那时候您去了哪儿？”“云南（或者东北、内蒙古、山西）。您呢？”“陕北，延安。”这就行了，我们大半的身世就都相互了然。这永远是我们之间最亲切的问候和最有效的沟通方式，是我们这代人的专利。六六、六七、六八，已经是多么遥远了的年代。要是那一对青年学过历史，他们有可能忽然明白那不是咒语，那是二十世纪中极不平常的几年，并且想起考试时他们背诵过几个拗口的词句：插队，知青，接受贫下中农的再教育……如果他们恰恰是钻研史学的，如果他们走来，如同发现了活化石那样地发现了我们，我想我们不太介意，历史还要走下去，我们除了不想阻碍它之外，正巧还想对“归根结底不是我们的”的世界有一点儿用处。

我们能说点儿什么呢？上得了正史的想必都已上了正史。几十年前的喜怒哀乐和几百几千年前的喜怒哀乐一样，都根据当代人的喜怒哀乐成为想象罢了。我们可以讲一点儿单凭想象力所无法触及的野史。

比如，要是正史上写“千百万知识青年满怀革命豪情奔赴农村、边疆”，您信它一半足够了，记此正史的人必是带了情绪。我记得清楚，一九六八年年末的一天，我们学校专门从外校请来一位工宣队长，为我们做动员报告，据说该人在“上山下乡的动员工作”上很有成就。他上得台来先是说：“谁要捣乱，我们拿他有办法。”台下便很安静了。然后他说：“现在就看我们对毛主席忠还是不忠了。”台下的呼吸声就差不多没有，随后有人带头喊亮了口号。他的最后一句话尤为简洁有力：“你报名去，我们不一定叫你去，不报名的呢，我们非叫你去不可。”因而造成一段历史疑案：有多少报了名的是真心想去的呢？

什么时候也有勇敢的人，你说出大天来他就是不去，不去不去不去！威赫如那位工宣队长者反而退却。这里面肯定含着一条令人快慰的逻辑。

我去了延安。我从怕去变为想去，主要是好奇心的驱使，是以后屡屡证明了的惯做白日梦的禀性所致，以及不敢违逆潮流之怯懦的作用。唯当坐上了西行的列车和翻山越岭北上的卡车时，才感受住一缕革命豪情。唯当下了汽车先就看见了一些讨饭的农民时，才于默然之间又想到了革命。也就是在那一路，我的同学孙立哲走上了他的命定之途。那是一本《农村医疗手册》引发的灵感。他捧定那书看了一路，说："咱们干赤脚医生吧。"大家都说好。

立哲后来成了全国知名的知青典型，这是正史上必不可少的一页。但若正史上说他有多么高的政治水平，您连十分之一都甭信。立哲要是精于政治，"四人帮"也能懂人道主义了。立哲有的是冲不垮的事业心和磨不尽的人情味，仅此而已。再加上我们那地方缺医少药，是贫病交困的农民们把他送上了行医的路。所以当"四人帮"倒台后，有几个人想把立哲整成"风派""闹派"时，便有几封数百个农民签名（或委托）的信送去北京，担保他是贫下中农最爱戴的人。

我们那个村子叫关家庄，离延川县城八十里，离永坪油矿三十五里，离公社十里。第一次从公社往村里去的路上，我们半开玩笑地为立哲造舆论："他是大夫。""医生噢？"老乡问，"能治病了吧？""当然，不能治病算什么医生。""对。就在咱庄里盛下呀是？""是。""咳呀，那就好。"所以到村里的第二天就有人来找立哲看病，我们七手八脚地都做他的帮手和参谋。第一个病人是个老婆儿，发烧、发冷、满脸起红斑。立哲翻完了那本《农村医疗手册》说一声：丹毒。于是大伙儿把从北京带来的抗生素都拿出来，把红糖和肉松也拿出来。老婆儿以为那都是药，慌慌地问：“多少价？”大伙儿回答：“不要钱。”老婆儿惊诧之间已然发了一身透汗，第一轮药服罢病已好去大半。单是那满脸的红斑经久不消。立哲再去看书，又怀疑是红斑狼疮。这才想起问问病史。老婆儿摸摸脸：“你是问这？胎里坐下的嘛。”“生下来就有？”“噢——嘛！”当然，后来立哲的医道日益精深，名不虚传。

说起那时陕北生活的艰辛，后人有可能认为是造谣。“糠菜半年粮”已经靠近了梦想，把菜去掉换一个汤字才是实情。“一分钱掰成两半花”呢，就怕真的掰开倒全要作废，所以才不实行。怎样算一个家呢？一眼窑，进门一条炕，炕头连着锅台，对面一张条案，条案上放两只木箱和几个瓦罐，窑掌里架起一只存粮的囤，便是全部家当。怎样养活一个家呢？男人顶着月亮到山里去，晚上再顶着月亮回来，在青天黄土之间用全部生命去换那每年人均不足三百斤的口粮。民歌里唱“人凭衣裳马凭鞍，婆姨们凭的是男子汉”，其实这除了说明粮食的重要之外不说明其他，婆姨们的苦一点儿不比男人们的轻，白天喂猪、养鸡、做饭，夜晚男人们歇在炕头抽烟，她们要纺线、织布、做衣裳，农活紧了她们也要上山受苦，一家人的用度还是她们半夜里醒来默默地去盘算。民歌里唱“鸡蛋壳壳点灯半炕炕明，酒盅盅量米不嫌哥哥穷”，差不多是真的。好在我们那儿离油矿近，从废弃的油井边掏一点儿黑黑的原油拿回家点灯，又能省下几个钱。民歌唱“出的牛马力，吃的猪狗食”，说是夸张吗？那是因为其时其地的牛马们苦更重，要是换了草原上的牛马，就不好说谁夸张了谁。猪是一家人全年花销的指望，宁可人饿着不能饿了它们，宁可人瘦下去也得把它们养肥，然后卖成钱，买盐，买针线、农具、染布的颜料、娃娃上学要用的书和笔，余下的逐年积累，待娃娃长大知道要婆姨了的时候去派用场。唯独狗可以忽视，所以全村再难找到一头有能力与狼搏斗的狗了。然而，狗仍是最能让人得到温暖的动物，它们饿得昏昏的也还是看重情谊，这自然是值得颂扬的；但它们要是饿紧了偶然偷了一回嘴呢，你看那生性自轻自贱的目光吧——含满了惭愧和自责，这就未必还是好品质。我彻底厌恶“儿不嫌母丑，狗不嫌家贫”的理论。人不是一辈子为了当儿子（或者孙子）的，此其一；人在数十万年前已经超越了所有的动物，此其二；第三，人若不嫌母丑母亲就永远丑下去，要是不嫌家贫闹革命原本是为了什么呢？找遍陕北民歌你找不到“狗不嫌家贫”这样的词句，有的都是人的不屈不息的渴盼，苦难中的别离，煎熬着的深情，大胆到无法无天的爱恋：“三天没见哥哥面，大路上行人都问遍。”“风尘尘不动树梢梢摆，梦也梦不见你回来。”“白格生生蔓菁绿缨缨，大女子养娃娃天生成。”“我把哥哥藏在我家，毒死我男人不要害怕。”“陕北出了个刘志丹，他带上队伍上横山。”“洗了个手来和白面，三哥哥吃了上前线。”“想你想得眼发花，土坷垃看成个枣红马。”“崖畔上开花崖畔上红，受苦人过得好光景。”所有的希冀都借助自古情歌的旋律自由流淌，在黄褐色的高原上顺天游荡。在山里受苦时，乡亲们爱听我们讲北京的事，听得羡慕但不嫉妒，“哎呀——，哎呀——”地赞叹，便望**那望不尽的山川沟壑**，产生一些憧憬，说“咱这搭儿啥时也能像了北京似……”接着叹一声：“不比当年了嘛，人家倒把咱给忘屎喽。”于是继续抡动起七八斤重的老镢，唱一声：“六月里黄瓜下了架，巧口口那个说下哄人的话。”再唱一声：“噢，噢，噢嗬，噢嗬嗬，噢嗬嗬——！说是了天上没灵儿神，刮风了下雨是吼雷儿声，我问你就知情是不知儿情……”

我们刚去的那年是个风调雨顺的丰产年，可是公粮收得紧，前一年闹灾荒欠下的公粮还要补足，结果农民是丰产不丰收，我亲眼见村里几个最本分的汉子一入冬就带着全家出门要饭去了。胆大又有心计的人就搞一点儿“投机倒把”，其实什么投机倒把，无非是把自家舍不得吃的一点儿白面蒸成馍，拿到几十里地外的车站去卖个高价，多换些玉米高粱回来，为此要冒坐大狱的危险。有手艺的人就在冬闲时出门耍手艺，木匠、石匠，还有画匠。我还做过几天画匠呢。外头来的那些画匠的技艺实在不宜恭维，我便自告奋勇为乡亲们画木箱。木箱做好，上了大红的漆，漆干了在上面画些花鸟鱼虫，再写几个吉利的字。外来的画匠画一对木箱要十几块钱，我只要主人顶我一天工，外加一顿杂面条条儿。那时候真是馋呀，知青灶上做不成那么好吃的杂面条条儿；山里挖来的小蒜捣烂，再加上一种叫作 ce ma（弄不清是哪两个字）的佐料，实在好吃得很。我的画技还算可以，真的，不吹牛。老乡把我画的木箱担到集上卖，都卖了好价钱。画了十几对不能再画了。

大家都认为，画一对木箱自家用，算得上是为贫下中农做了好事，但有人把它担到集上去赚钱就不是社会主义。我便再难吃上那热热的香香的杂面条条儿了。

历史总归会记得，那块古老的黄土地上曾经来过一群北京学生，他们在那儿干过一些好事，也助长过一些坏事。比如，我们激烈地反对过小队分红。关家庄占据着全川最好的土地，公社便在此搞大队分红试点，我们想，越小就越要滋生私欲，越大当然就越接近公，一大二公嘛，就越看得见共产主义的明天。谁料这

那望不尽的山川沟壑

样搞的结果是把关家庄搞成全川最穷的村了。再比如，我们吆三喝四地批斗过那些搞“投机倒把”或出门要手艺赚钱的人，吓得人家老婆孩子“好你了，好你了”一股劲央告。还有，在“以粮为纲”的激励下，知识青年带头把村里的果树都砍了，种粮食。果树的主人躲在窑里流泪，真仿佛杨白劳再世又撞见了黄世仁。好在几年后我们知道不能再那么干了，我们开始弄懂一些中国的事了。读了些历史也看见了些历史，读了些理论又亲历了些生活，知道再那样干不行。尤其知青的命运和农民们的命运已经连在一

起了，这是我们那几届“老插”得天独厚之处，至少开始两年我们差不多绝了回城的望，相信就将在那高原上繁衍子孙了，谁处在这位置谁都会幡然醒悟，那样干是没有活路的。

当然，一有机会我们还是都飞了，飞回城，飞出国，飞得全世界都有。这现象说起来复杂，要想说清其中缘由，怕是得各门类学者合力去写几本大书。

一九八四年我在几位作家朋友的帮助下又回了一趟陕北。因为政策的改善，关家庄的生活比十几年前自然是好多了，不敢说丰衣，钱也还是没有几个，但毕竟足食了。乡亲们迎我到村口，家家都请我去吃饭，吃的都是白面条条儿。我说我想吃杂面条条儿。众人说：“哎呀，谁晓得你爱吃那号儿？”但是，农民们还是担心，担心政策变了还不是要受穷？担心连遇灾年还不是要挨饿？陕北，浑浊的黄河两岸，赤裸的黄土高原，仍然是得靠天吃饭。

那年我头一次走了南泥湾。歌里唱她是“陕北的好江南”，我一向认为是艺术夸张，但亲临其地一看，才知道当年写歌词的人都还没学会说假话呢。那儿的山是绿的，水是清的，空气也是湿润的，川地里都种的水稻，汽车开一路，两旁的树丛中有的是野果和草药，随时有野鸡、野鸽子振翅起落。究其所以，盖因那满山遍野林木的作用。深谙历史的人告诉我，几百年前的陕北莽莽苍苍都是原始森林。但是一出南泥湾的地界，无边无际又全是灼目的黄土了。我想，要是当年我们一来就开始种树造林，现在的陕北已是一块富庶之地了。我想要是那样，这高原早已变绿，黄河早已变清了。我想，眼下这条浑浊的河流，这片黄色的土地，难道是民族的骄傲吗？其实是罪过，是耻辱。但是见过了南泥湾，心里有了希望：种树吧种树吧种树吧，把当年红卫兵的热情都用来种树吧，让祖国山河一片绿吧！不如此不足使那片贫穷的土地有个根本的变化。

篇幅所限，不能再说了。插队的岁月忘不了，所有的事都忘不了，说起来没有个完。自己为自己盖棺论定是件滑稽的事，历史总归要由后人去评说。再唠叨两句闲话作为结束语吧：要是一罐青格凌凌的麻油洒在了黄土地上，怎么办？别着急，把浸了油的黄土都挖起来，放进锅里重新熬；当年乡亲们的日子就是这么过的。再有，现在流行“侃大山”一语，不知与我们当年的掏地有无关联？掏地就是刨地，是真正抡圆了镢头去把所有僵硬的大山都砍得松软；我们的青春就是这样过的。还有一件值得回味的事，我们十七八岁去插队时，男生和女生互相都不说话，心里骚骚动动的但都不敢说话，远远地望一回或偶尔说上一句半句，浑身热热的但还是不敢说下去；我们就是这样走进了人生的。这些事够后世的年轻人琢磨的，要是他们有兴趣的话。

贰 人生如沉醉的梦中

匆匆过了二十多年，我自然也是常常哭，也常常笑，别人的啼笑也看过无数回了。可是我生平不怕看见泪，自己的热泪也好，别人的呜咽也好。

——梁遇春

说梦

/
朱自清

伪《列子》里有一段梦话，说得甚好：

“周之尹氏大治产，其下趣役者，侵晨昏而不息。有老役夫筋力竭矣，而使之弥勤。昼则呻呼而即事，夜则昏惫而熟寐。精神荒散，昔昔梦为国君：居人民之上，总一国之事；游燕宫观，恣意所欲，其乐无比。觉则复役人。……尹氏心营世事，虑钟家业，心形俱疲，夜亦昏惫而寐。昔昔梦为人仆：趋走作役，无不为也；数骂杖挞，无不至也。眠中啽呓呻呼，彻旦息焉。……”

此文原意是要说出“苦逸之复，数之常也；若欲觉梦兼之，岂可得邪？”这其间大有玄味，我是领略不着的；我只是断章取义的赏识这件故事的自身，所以才老远的引了来。我只觉得梦不是一件坏东西。即真如这件故事所说，也还是很有意思的。因为人生有限，我们若能夜夜有这样清楚的梦，则过了一日，足抵两日，过了五十岁，足抵一百岁；如此便宜的事，真是落得的。至于梦中的“苦乐”，则照我素人的见解，毕竟是“梦中的”苦乐，不必斤斤计较的。若必欲斤斤计较，我要大胆的说一句：他和那些在墙上贴红纸条儿，写着“夜梦不祥，书破大吉”的，同样的不懂得梦！

但庄子说道：“至人无梦。”伪《列子》里也说道：“古之真人，其觉自忘，其寝不梦。”——张湛注曰：“真人无往不忘，乃当不眠，何梦之有？”可知我们这几位先哲不甚以做梦为然，至少也总以为梦是不大高明的东西。但孔子就与他们不同，他深以“不复梦见周公”为憾；他自然是爱做梦的，至少也是不反对做梦的。——殆所谓时乎做梦则做梦者欤？我觉得“至人”，“真人”，毕竟没有我们的份儿，我们大可不必妄想；只看“乃当不眠”一个条件，你我能做到么？唉，你若主张或实行“八小时睡眠”，就别想做“至人”，“真人”了！但是，也不用担心，还有为我们揗木梢的：我们知道，愚人也无梦！他们是一枕黑甜，哼呵到晓，一些儿梦的影子也找不着的！我们侥幸还会做几个梦，虽因此失了“至人”，“真人”的资格，却也因此而得免于愚人，未尝不是运气。至于“至人”，“真人”之无梦和愚人之无梦，究竟有何分别？却是一个难题。我想偷懒，还是摭拾上文说过的话来答吧：“真人……乃当不眠，……”而愚人是“一枕黑甜，哼呵到晓”的！再加一句，此即孔子所谓“上智与下愚不移”也。说到孔子，孔子不反对做梦，难道也做不了“至人”，“真人”？我说：“唯唯，否否！”孔子是“圣人”，自有他的特殊的地位，用不着再来争“至人”，“真人”的名号了。

但得知道，做梦而能梦周公，才能成其所以为圣人；我们也还是够不上格儿的。

我们终于只能做第二流人物。但这中间也还有个高低。高的如我的朋友 p 君：他梦见花，梦见诗，梦见绮丽的衣裳，……真可算得有梦皆甜了。低的如我：我在江南时，本忝在愚人之列，照例是漆黑一团的睡到天光；不过得声明，哼呵是没有的。北来以后，不知怎样，陡然聪明起来，夜夜有梦，而且不一其梦。但我究竟是新升格的，梦尽管做，却做不着一个清清楚楚的梦！**成夜的乱梦颠倒，醒来不知所云，恍然若失**。最难堪的是每早将醒未醒之际，残梦依人，腻腻不去；忽然双眼一睁，如坠深谷，万象寂然——

成夜的乱梦颠倒，醒来不知所云，恍然若失

只有一角日光在墙上痴痴的等着！我此时决不起来，必凝神细想，欲追回梦中滋味于万一；但照例是想不出，只惘惘然茫茫然似乎怀念着些甚么而已。虽然如此，有一点是知道的：梦中的天地是自由的，任你徜徉，任你翱翔；一睁眼却就给密密的麻绳绑上了，就大大的不同了！我现在确乎有些精神恍惚，这里所写的就够教你知道。但我不因此诅咒梦；我只怪我做梦的艺术不佳，做不着清楚的梦。若做着清楚的梦，若夜夜做着清楚的梦，我想精神恍惚也无妨的。照现在这样一大串儿糊里糊涂的梦，直是要将这个“我”化成漆黑一团，却有些儿不便。是的，我得学些本事，今夜做他几个好好的梦。我是彻头彻尾赞美梦的，因为我是素人，而且将永远是素人。

微醉之后

/

石评梅

几次轻掠飘浮过的思绪，都浸在晶莹的泪光中了。何尝不是冷艳的故事，凄哀的悲剧，但是，不幸我是心海中沉沦的溺者，不能有机会看见雪浪和海鸥一瞥中的痕迹。因此心波起伏间，卷埋隐没了的，岂只朋友们认为遗憾，就是自己，永远徘徊寻觅我遗失了的，何尝不感到过去飞逝的云影，宛如彗星一扫的壮丽！

允许我吧，我的命运之神！我愿意捕捉那一波一浪中汹涌浮映出过去的噩梦。虽然我不敢奢望有人能领会这断弦哀音，但是我尚有爱怜我的母亲，她自然可以为我滴几点同情之泪吧！朋友们，这是由我破碎心幕底透露出的消息，假使你们还挂念着我，这就是我遗赠你们的礼物。

丁香花开时候，我由远道归来。一个春雨后的黄昏，我去看晶清。推开门时她在碧绸的薄被里蒙着头睡觉，我心猜想她一定是病了。不忍惊醒她，悄悄站在床前，无意中拿起枕畔一本蓝皮书，翻开时从里面落下半幅素笺，上边写着：

“波微已经走了。她去那里我是知道而且很放心，不过在这样繁华如碎锦似的春之昼里，难免她不为了死的天辛而伤心，为了她自己惨淡悲凄的命运而流泪!

“想到她我心就怦怦地跃动，**似乎纱窗外啁啾的小鸟都是在报告不幸的消息而来**。我因此病了，梦中几次看见她，似乎她已由悲苦的心海中踏上那雪银的浪花，翩跹着披了一幅白雪的轻纱；后来暴风巨浪袭来，她被海波卷没了，只有那一幅白云般的轻纱漂浮在海面上，一霎时那白纱也不知流到那里去了。

似乎纱窗外啁啾的小鸟都是在报告不幸的消息而来

“固然人要笑我痴呆，但是她呢，确乎不如一般聪明人那样理智，从前她是个杀人不眨眼的英雄，如今被天辛的如水柔情，已变成多愁多感的人了。这几天凄风苦雨令我想到她，但音信却偏这般渺茫……”

读完后心头觉着凄梗，一种感激的心情，使我终于流泪！但这又何尝不是罪恶，人生在这大海中不过小小的一个泡沫，谁也不值得可怜谁，谁也不值得骄傲谁。天辛走了，不过是时间的早迟，生命上使我多流几点泪痕而已。为什么世间偏有这许多绳子，而且是互相连系着！

她已睁开半开的眼醒来，宛如晨曦照着时梦耶真耶莫辨的情形，瞪视良久，她不说一句话，我抬起头来，握住她手说："晶清，我回来了，但你为什么病着？"

她珠泪盈睫，我不忍再看她，把头转过去，望着窗外柳丝上挂着的斜阳而默想。后来我扶她起来，同到栉沐室去梳洗，我要她挣扎起来伴我去喝酒。信步走到游廊，柳丝中露出三年前月夜徘徊的葡萄架，那里有芗蘅的箫声，有云妹的倩影，明显映在心上的，是天辛由欧洲归来初次看我的情形。

那时我是碧茵草地上活泼跳跃的白兔，天真娇憨的面靥上，泛映着幸福的微笑！三年之后，我依然徘徊在这里，纵然浓绿花香的图画里，使我感到的比废墟野冢还要凄悲！上帝呵！这时候我确乎认识了我自己。

韵妹由课堂下来，她拉我又回到寝室。晶清已梳洗完正在窗前换衣服，她说："波微！你不是要去喝酒吗？萍适才打电话来，他给你已预备下接风宴，去吧！对酒当歌，人生几何，去吧，乘着丁香花开时候。"

风在窗外怒吼着，似乎有万骑踏过沙场，全数冲杀的雄壮；又似乎海边孤舟，随狂飙扎挣呼号的声音，一声声的哀惨。但是我一切都不管，高擎着玉杯，里边满斟着红滟滟的美酒，她正在诱惑我，像一个绯衣美女轻掠过骑上马前的心情一样地诱惑我。我愿永久这样陶醉，不要有醒的时候，把我一切烦恼都装在这小小杯里，让它随着那甘甜的玫瑰露流到我那创伤的心里。

在这盛筵上我想到和天辛的许多聚会畅饮。

晶清挽着袖子，站着给我斟酒；萍呢！他确乎很聪明，常常望着晶清，暗示她不要再给我斟。但是已晚了，饭还未吃我就晕在沙发上了。

我并没有痛哭，依然晕厥过去有一点多钟之久。醒来时晶清扶着我，我不能再忍了，伏在她手腕上哭了！这时候屋里充满了悲哀，萍和琼都很难受地站在桌边望着我。这是天辛死后我第六次的昏厥，我依然和昔日一样能在梦境中醒来。

灯光辉煌下，每人的脸上都泛映着红霞，眼里莹莹转动的都是泪珠，玉杯里还有半盏残酒，桌上狼藉的杯盘，似乎告诉我这便是盛筵散后的收获。

大家望着我都不知应说什么。我微抬起眼帘，向萍说："原谅我，微醉之后。"

泪与笑

/
梁遇春

匆匆过了二十多年，我自然也是常常哭，也常常笑，别人的啼笑也看过无数回了。可是我生平不怕看见泪，自己的热泪也好，别人的呜咽也好；对于几种笑我却会惊心动魄，吓得连呼吸都不敢大声，这些怪异的笑声，有时还是我亲口发出的。当一位极亲密的朋友忽然说出一句冷酷无情冰一般的冷话来，而且他自己还不知道他说的会使人心寒，这时候我们只好哈哈哈莫名其妙地笑了，因为若使不笑，叫我们怎么样好呢？我们这个强笑或者是出于看到他真正的性格（他这句冷语所显露的）和我们先前所认为的他的性格的矛盾，或者是我们要勉强这么一笑来表示我们是不会被他的话所震动，我们自己另有一个超乎一切的生活，他的话是不能损坏我们于毫发的，或者……但是那时节我们只觉到不好不这么大笑一声，所以才笑，实在也没有闲暇去仔细分析自己了。当我们心里有说不出的苦痛缠着，正要向人细诉，那时，我们平时尊敬的人却用个极无聊的理由（甚至于最卑鄙的）来解释我们这穿过心灵的悲哀，看到这深深一层的隔膜，我们除开无聊赖地破涕为笑，还有什么别的办法吗？有时候我们倒霉起来，整天从早到

也只好咽下眼泪，空心地笑着

晚做的事没有一件不是失败的，到晚上疲累非常，懊恼万分，悔也不是，哭也不是，**也只好咽下眼泪，空心地笑着**。我们一生忙碌，把不可再得的光阴消磨在马蹄轮铁，以及无谓敷衍之间，整天打算，可是自己不晓得为什么这么费心机，为了要活着用尽苦心来延长这生命，却又不觉得活着到底有何好处，自己并没有享受生活过，总之黑漆一团活着，夜阑人静，回头一想，哪能够不吃吃地笑，笑时感到无限的生的悲哀。就说我们淡于生死了，对于现世界的厌烦同人事的憎恶还会像毒蛇般蜿蜒走到面前，缠着身上，我们真可说倦于一切，可惜我们也没有爱恋上死神，觉得也不值得花那么大劲去死，在此不生不死心境里，只见伤感重重来袭，偶然挣些力气，来叹几口气，叹完气免不了失笑，那笑是多么酸苦的。这几种笑声发自我们的口里，自己听到，心中生个不可言喻的恐怖，或者又引起另一个鬼似的狞笑。若使是由他人口里传出，只要我们探讨出它们的源泉，我们也会惺惺惜惺惺而心酸，同时害怕得全身打战。此外失望人的傻笑，挨了骂的下人对于主子的陪笑，趾高气扬的热官对于贫贱故交的冷笑，老处女在他人结婚席上所呈的干笑，生离永别时节的苦笑——这些笑全是“自然”跟我们为难，把我们弄得没有办法，我们承认失败了的表现，是我们心灵的堡垒下面刺目的降幡。莎士比亚的妙句“对着悲哀微笑”(smiling at grief[①])说尽此中的苦况。拜伦在他的杰作*Don Juan*[②]里有二句：

Of all tales’tis the saddest ——and more sad,

Because it makes us smile[③].

这两句是我愁闷无聊时所喜欢反复吟诵的，因为真能传出“笑”的悲剧的情调。

泪却是肯定人生的表示。因为生活是可留恋的，过去是春天的日子，所以才有伤逝的清泪。若使生活本身就不值得我们的一

① smiling at grief：戏剧台词，出自莎士比亚的经典喜剧《第十二夜》。——编者注

② *Don Juan*：《唐璜》，拜伦的一首叙事长诗，人物原型是一位西班牙传说中的风流好色之人。——编者注

③ 英文，大意为：此为所有故事中最悲惨的——更令人伤神，因为它竟使人听了发笑。——编者注

顾，我们哪里会有惋惜的情怀呢？当一个中年妇人死了丈夫时候，她号啕地大哭，她想到她儿子这么早失去了父亲，没有人指导，免不了伤心流泪，可是她隐隐地对于这个儿子有无穷的慈爱同希望。她的儿子又死了，她或者会一声不做地料理丧事，或者发疯狂笑起来，因为她已厌倦于人生，她微弱的心已经麻木死了。我每回看到人们的流泪，不管是失恋的刺痛，或者丧亲的悲哀，我总觉人世真是值得一活的。眼泪真是人生的甘露。当我是小孩时候，常常觉得心里有说不出的难过，故意去臆造些伤心事情，想到有味时候，有时会不觉流下泪来，那时就感到说不出的快乐。现在却再寻不到这种无根的泪痕了。哪个有心人不爱看悲剧，亚里士多德所说的净化的确不错。我们精神所纠结郁积的悲痛随着台上的凄惨情节发出来，哭泣之后我们有形容不出的快感，好似精神上吸到新鲜空气一样，我们的心灵忽然间呈非常健康的状态。果戈里的著作人们都说是笑里有泪，实在正是因为后面有看不见的泪，所以他小说会那么诙谐百出，对于生活处处有回甘的快乐。中国的诗词说高兴赏心的事总不大感人，谈愁语恨却是易工，也由于那些怨词悲调是泪的结晶，有时会逗我们洒些同情的泪，所以亡国的李后主，感伤的李义山始终是我们爱读的作家。天下最爱哭的人莫过于怀春的少女和在情海中翻身的青年，可是他们的生活是最有力，色彩最浓，最不虚过的生活。人到老了，生活力渐渐消磨尽了，泪泉也枯了，剩下的只是无可无不可那种行将就木的心境和好像慈祥实在是生的疲劳所产生的微笑——我所怕的微笑。

十八世纪初期浪漫派诗人格雷在他的 *On a Distant Prospect of Eton College*[①] 诗里说：

流下也就忘记了的泪珠，

那是照耀心胸的阳光。

The tear forgot as soon as shed,

The sunshine of the breast.

这些热泪只有青年才会有，它是同青春的幻梦同时消灭的，泪尽了，个个人心里都像苏东坡所说的“存亡惯见浑无泪”那样的冷淡了，坟墓的影已染着我们的残年。

① 现代一般译为《伊顿远眺》。——编者注

心之波

/

石评梅

我立在窗前许多时候，我最喜欢见落日光辉，照在那烟雾迷蒙的西山，在暮色苍茫的园里，粗粝而且黑暗的假山影，在紫色光辉里照耀着；那傍晚的云霞，飘坠在楼下，青黄相间，迎风摇曳的梧桐树上——很美丽地闪烁；犹如一阵淡红蔷薇花片的微雨，遍染了深秋梧叶。我痴痴地看那晚霞坠在西山背后，今天的愉快中秋节，又匆匆地去了！时间张着口，把青春之花，生命之果都吸进去了；只留下迷路的小羊在山坡踌躇着。

夜间临到了！我在寂寞沉闷的自然怀抱中，我是宇宙的渺小者呵；这一瞥生命之波又应当这样把温和与甜蜜的情感，去发掘宇宙秘藏之奥妙；吸收她的美和感化，以安慰这枯燥的人生呵！晶莹光辉的一轮明月，她将一手蕴藏的光明，都兴尽地照遍宇宙了；那夜景的灿烂，都构成很和平很静默的空气。我从楼上下去到了后院——那空旷的操场上，去吸收她那素彩清辉的抚爱；一路过了许多游廊，那电灯都黑沉地想着他的沉闷，他是没有力量和月光争辉的，但在黑暗的夜里，那月儿被黑云翳遮满了，除了一二繁星闪烁外，在那黑暗里辉耀着的就是电灯了！但现在他是不能和她争点光明的，因为她是自然的神。我一路想着许多无聊的小问题，不觉的走到花园的后面一棵松树底下；我就拂着枯草坐在树底。从枝叶织成的天然幕里，仰着头看那含笑的月！我闭了眼，那灵魂儿不觉的飞出去，找我那理想中之幻想界——神之宫——仙之园——作我的游缘。我觉着灵魂从白云迷茫中，分出一道光明的路，我很欣喜地踏了进去，那白玉琢成的月宫里，冉冉地走出许多极美丽的白衣仙女，张着翅膀去欢迎我的灵魂！从微笑的温和中，我跪在那白绒的毡上，伏在那洁白神女之肩上。我那时觉着灵魂儿都化成千数只的蝴蝶，翩翩在白云的深宫跳舞了！神秘的音乐，飘荡在银涛的波光中，那地上的花木，也摇曳着合拍的发出相击的细声。眼睁开了，依然在伟大的松林影下坐着，眼中还映着那闪烁而飘浮的色带：仿佛那白衣的神妃及仙女都舞蹈着向我微笑！她听见各地方都发出嘹嘹的，奇异的，悲愁的，感动的，恳切的声调；如珍珠的细雨落在深密而开花的林中一样。我慢慢地醒了那灵魂中构成的幻梦，微细的音乐还依然在那银涛之光中波动着。我凝神细听，才知是远处的箫声，那一缕缕的哀音，告诉以人类的可怜！

去年今夜，不是同她在皓月之下叙别吗？我那时候无心去看月儿的娇媚，我的泪只是往肚子里流！现在月儿一样的照在我和她的心里，但重洋之波流不去我的思惆。我确知道她是最哀痛的一个失恋者，在生命中她不觉得愉快，幸福只充满了忏悔和哀怨。她生命之花，都被那恶社会的环境牺牲了。她觉着宇宙尽充着悲哀，在呜咽的音容中，微笑总是徒然，像海鸥躲出海去，是不可能的事啊！

我思潮不定的波荡着，到了我极无聊的时候，我觉着又非常可笑！人生到底是怎样生活去吗？我慢慢地向我寝室走，**那萧瑟的秋风吹在两旁的树林里，瑟瑟地向我微语**：他们的吟声和着风声，唱出那悲哀之歌。我踽踽独行，是沉闷无聊的事吗？但我看来，是在这烦恼嚣杂的社会里，不亲近人是躲避是非的妙法。所以人家待我有二三分的美意，我就觉着有一种说不出的恐怖布满

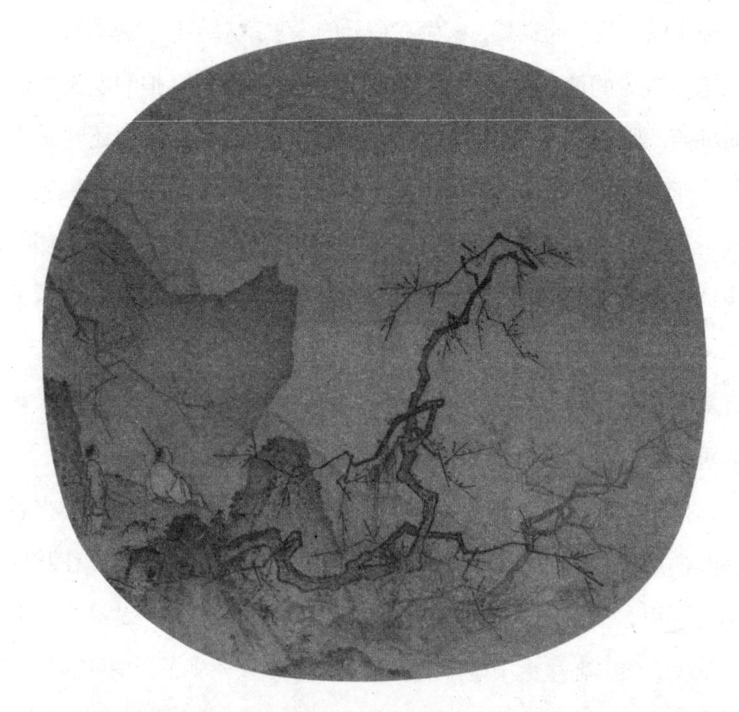

那萧瑟的秋风吹在两旁的树林里，瑟瑟地向我微语

了我的心腔。我慢慢地沉思着走到了我的楼下，忽然见楼旁有个黑影一闪，我很惊讶地问了一声“是谁”，但那黑影已完全消灭了，找不出半点行踪。一瞥的人生也是这样的无影无踪吗？我匆匆地上楼，那皓光恰好射在我的帐子上，现出种极惨的白色！在帐中的一个小像上，她掬着充足的泪泉在那眼波中，摄我的灵魂去，游那悲哀之海啊！失恋的小羊哟，在这生命之波流动的时候，那种哀怨的人生，是阻止那进行的拦路虎，愈要觉着那不语的隐痛。但人要不觉悟人世是虚伪的，本来什么也不足为凭，何况是一种冲动的感情啊！不过人在旁观者的地位都觉着她是不知达观方面去想的，到了身受者亲切的感着时候，是比不得旁观者之冷眼讥笑。这假面具带满的社会，谁能看透那脑筋荡漾着什么波浪啊！谁知道谁的目的是怎样主张啊？况且人世的事都是完全相对的，不能定一个是非；如甲以为是的乙又以为非，是没有标准的。那么，在这恶社会里失望和懊恼，都是人类难免的事。这么一想，她有多少悲哀都要被极强的意志战胜。既然人世是宇宙的渺小者瞬息的一转，影一般的就捉不住了！那疲倦的青春和沉梦的醉者，都是青年人所不应当消极的。但现在的青年——知识界的青年，因感觉的敏感和思想的深邃，所以处处感着不快的人生，烦闷的人生。他们见宇宙的事物，人类是受束缚的。那如天空的鸿雁，任意翱翔，春日的流莺，随心歌啭呢？他们是没有知识的，所以他们也减少烦恼，他们是生活简单的，所以也不受拘束。

我一沉思，虽晴光素彩，光照宇宙，但我心胸中依然塞满了黑暗。我搬把椅子，放在寝室外边的栏杆旁，恰好一轮明月，就照着我。那栏杆下沉静的青草和杨柳，也伸着头和月儿微语呢。一阵秋风，那树叶依然扑拉拉落了满地。月儿仍然不能保护他今夜不受秋风的摧残，她更不能借月儿的力量，帮助他的“生命之花”不衰萎不败落。这是他们最不幸的事情，但他们也慷慨地委之于运命了！

夜是何等的静默啊！心之波在这爱园中波荡着，想起多少的回忆：在初级师范读书的时候，天真烂漫，那赤血搏动的心里，是何等光亮和洁白呵！没有一点的尘埃，是奥妙神洁的天心呵！赶我渐渐一步一步地挨近社会，才透彻了社会的真相——是万恶的——引人入万恶之途的。一入万恶之渊，未有不被万恶之魔支配的！叫他洁白的心胸，染了许多的污点。他是意志薄弱的青年，能不为万恶之魔战败吗！

所以一般知识略深的青年，对于社会的事业，是很热心去改造的，不过因为环境和恶魔的征服，他们结果便灰心了，所以他对于社会是卑弃的，远避的。社会上所需要的事物，都是悖逆青年的意志，而偏要使他去做的事情。被征服的青年，也只好换一副面具和心肠去应付社会去，这是人生隐痛啊！觉悟的青年，感受着这种苦痛，都是社会告诉他的，将他从前的希望，都变成悲观的枯笑，使他自然地被摒弃于社会之外，社会的万恶之魔，就是许多相袭既久的陈腐习惯；在这种习惯下面，造出一种诈伪不自然的伪君子，面子上都是仁义道德，骨子里都是男盗女娼，然而这是社会上最尊敬最赞扬的人物，假如在这社会习惯里有一二青年，要禀着独立破坏的精神，去发展个人的天性，不甘心受这种陈腐不道德的束缚，于是乎东突西冲，想与社会作对，但是社会的权力很大，罗网很密，个人绝对不能做社会的公敌的，社会像个大火炉，什么金银铜铁锡，进了炉子，都要熔化的。况且“多数服从的迷信”是执行重罚的机关（舆论），所以他们用大多数的专制威权去压制那少数的真理志士，削夺了他的言论行动精神肉体——易卜生的社会栋梁同国民公敌都是青年在社会内的背影！

人生是不敢去预想未来，回忆过去的，只可合眼放步随造物的低昂去。一切希望和烦恼，都可归到运命的括弧下。积极方面斗争作去，终归于昙花一现，就消极方面挨延过去，依然一样的落花流水；所取的目的虽不同，而将来携手时，是同归于一点的。人生如沉醉的梦中，在梦中的时候一颦一笑，都是由衷的——发于至情的；追警钟声唤醒噩梦后，回想是极无意识而且发笑的！人生观中一片片的回忆，也是这种现象。

今夜的月儿，好像朵生命之花，而我的赤魂又不能永久深藏在月宫，躲着这沉浊的社会去，这是永久的不满意呵！世界上的事物，没有定而不变的，没有绝对真实的。我这一时的心波是最飘忽的一只雁儿；那心血汹涌的时候，已一瞥的追不回来了！追不回来了！我只好低着头再去沉思之渊觅她去……

想飞

/

徐志摩

假如这时候窗子外有雪——街上，城墙上，屋脊上，都是雪，胡同口一家屋檐下偎着一个戴黑兜帽的巡警，半拢着睡眼，看棉团似的雪花在半空中跳着玩……假如这是夜是一个深极了的夜，不是壁上挂钟的时针指示给我们看的深夜，这深就比是一个山洞的深，一个往下钻螺旋形的山洞的深……

假如我能有这样一个深夜，它那无底的阴森捻起我遍体的毫管；再能有窗子外不住往下筛的雪，筛淡了远近间扬动的市谣，筛泯了在泥道上挣扎的车轮，筛灭了脑壳中不妥协的潜流……

我要那深，我要那静。那在树荫浓密处躲着的夜鹰，轻易不敢在天光还在照亮时出来睁眼。思想；它也得等。

青天里有一点子黑的，正冲着太阳耀眼，望不真，你把手遮着眼,对着那两株树缝里瞧,黑的,有榧子来大,不,有桃子来大——嘿，又移着往西了！

我们吃了中饭出来到海边去。（这是英国康槐尔极南的一角，三面是大西洋。）勖丽丽的叫响从我们的脚底下匀匀的往上颤，齐着腰，到了肩高，过了头顶，高入了云，高出了云。啊！你能不能把一种急震的乐音想成一阵光明的细雨，从蓝天里冲着这平铺着青绿的地面不住的下？不，那雨点都是跳舞的小脚，安琪儿的。云雀们也吃过了饭，离开了它们卑微的地巢飞往高处做工去。上帝给它们的工作，替上帝做的工作。瞧着，这儿一只，那边又起了两只！一起就冲着天顶飞，小翅膀活动的多快活，圆圆的，不踌躇的飞——它们就认识青天。一起就开口唱，小嗓子活动的多快活，一颗颗小圆珠子直往外唾，亮亮的唾，脆脆的唾——它们赞美的是青天。瞧着，这飞得多高，有豆子大，有芝麻大，黑刺刺的一屑，直顶着无底的天顶细细的摇，——这全看不见了。影子都没了！但这光明的细雨还是不住的下着……

飞。“其翼若垂天之云……背负苍天[1]，而莫之夭阏者”；那不容易见着。我们镇上东关厢外有一座黄泥山，山顶上有一座七层的塔，塔尖顶着天。塔院里常常打钟，钟声响动时，那在太阳西晒的时候多，一枝艳艳的大红花贴在西山的鬓边回照着塔山上的云彩，——钟声响动时，绕着塔顶尖，摩着塔顶天，穿着塔顶云，有一只两只有时三只四只有时五只六只蜷着爪往地面瞧的“饿老鹰”，撑开了它们灰苍苍的大翅膀没挂恋似的在盘旋，在半空中浮着，在晚风中泅着，仿佛是按着塔院钟的波荡来练习圆舞似的。那是我做孩子时的“大鹏”。有时好天抬头不见一瓣云的时候听着豸虎忱忱的叫响，我们就知道那是宝塔上的饿老鹰寻食吃来了，

① 背负苍天：今多作“背负青天”。——编者注

豁出了一锉锉铁刷似的羽毛

这一想象半天里秃顶圆睛的英雄，我们背上的小翅膀骨上就**豁出了一锉锉铁刷似的羽毛**，摇起来呼呼响的，只一摆就冲出了书房门，钻入了玳瑁镶边的白云里玩儿去，谁耐烦站在先生书桌前晃着身子背早上上的多难背的书！阿，飞！不是那在树枝上矮矮的跳着的麻雀儿的飞；不是那奏天黑从堂匾后背冲出来蚊赶子吃的蝙蝠的飞；也不是那软尾巴软嗓子做窠在堂檐上的燕子的飞。要飞就得满天飞，风拦不住云挡不住的飞，一展翅膀就跳过一座山头，影子下来遮得荫二十亩稻田的飞，到天晚飞倦了就来绕着那塔顶尖顺着风向打圆圈做梦……听说饿老鹰会抓小鸡！

飞。人们原来都是会飞的。天使们有翅膀，会飞，我们初来时也有翅膀，会飞。我们最初来就是飞来的，有的做完了事还是飞了去，他们是可羡慕的。但大多数人是忘了飞的，有的翅膀上掉了毛不长再也飞不起来，有的翅膀叫胶水给胶住了，再也拉不开，有的羽毛叫人给修短了像鸽子似的只会在地上跳，有的拿背上一对翅膀上当铺去典钱使过了期再也赎不回……真的，我们一过了做孩子的日子就掉了飞的本领。但没了翅膀或是翅膀坏了不能用是一件可怕的事。因为你再也飞不回去，你蹲在地上呆望着飞不上去的天，看旁人有福气的一程一程的在青云里逍遥，那多可怜。而且翅膀又不比是你脚上的鞋，穿烂了可以再问妈要一双去，翅膀可不成，折了一根毛就是一根，没法给补的。还有，单顾着你翅膀也还不定规到时候能飞，你这身子要是不谨慎养太肥了，翅膀力量小再也拖不起，也是一样难不是？一对小翅膀驮不起一个胖肚子，那情形多可笑！到时候你听人家高声的招呼说，朋友，回去罢，趁这天还有紫色的光，你听他们的翅膀在半空中沙沙的摇响，朵朵的春云跳过来推着他们的肩背，望着最光明的来处翩翩的，冉冉的，轻烟似的化出了你的视域，像云雀似的只留下一泻光明的骤雨——“Thou art unseen，but yet I hear the shrill delight[①]”——那你，独自在泥涂里淹着，够多难受，够多懊恼，够多寒伧！趁早留神你的翅膀，朋友。

① 出自英国诗人雪莱的《致云雀》，大意为：虽然不见你形影，我却可以听到你那尖声中的喜悦。——编者注

是人没有不想飞的。老是在这地面上爬着够多厌烦，不说别的。飞出这圈子，飞出这圈子！到云端里去，到云端里去！哪个心里不成天千百遍的这么想！飞上天空去浮着，看地球这弹丸在太空里滚着，从陆地看到海，从海再看回陆地。凌空去看一个明白——这才是做人的趣味，做人的权威，做人的交代。这皮囊要是太重挪不动，就掷了它，可能的话，飞出这圈子，飞出这圈子！

人类初发明用石器的时候，已经想长翅膀，想飞。原人洞壁上画的四不像，它的背上掮着翅膀；拿着弓箭赶野兽的，他那肩背上也给安了翅膀。小爱神是有一对粉嫩的肉翅的。挨开拉斯（Icarus[1]）是人类飞行史里第一个英雄，第一次牺牲，安琪儿（那是理想化的人）第一个标记是帮助他们飞行的翅膀。那也有沿革——你看西洋画上的表现。最初像是一对小精致的令旗，蝴蝶似的粘在安琪儿们的背上，像真的，不灵动的。渐渐的翅膀长大了，地位安准了，毛羽丰满了。画图上的天使们长上了真的可能的翅膀。人类初次实现了翅膀的观念，彻悟了飞行的意义。挨开拉斯闪不死的灵魂，回来投生又投生。人类最大的使命，是制造翅膀；最大的成功是飞！理想的极度，想象的止境，从人到神！诗是翅膀上出世的；哲理是在空中盘旋的。飞：超脱一切，笼盖一切，扫荡一切，吞吐一切。

你上那边山峰顶上试去，要是度不到这边山峰上，你就得到

① Icarus：今译为伊卡洛斯，希腊神话人物，曾用蜡和羽毛做成翅膀飞上天空，却因飞得太高，阳光将蜡融化，落入水中而死。——编者注

这万丈的深渊里去找你的葬身之地！“这人形的鸟会有一天试他第一次的飞行，给这世界惊骇，使所有的著作赞美，给他所从来的栖息处永久的光荣。”啊达文謇[①]！

但是飞？自从挨开拉斯以来，人类的工作是制造翅膀，还是束缚翅膀？这翅膀，承上了文明的重量，还能飞吗？都是飞了来的，还都能飞了去吗？钳住了，烙住了，压住了——这人形的鸟会有试他第一次飞行的一天吗？……

同时天上那一点子黑的已经迫近在我头顶，形成了一架鸟形的机器，忽的机沿一侧，一球光直往下注，砰的一声炸响——炸碎了我在飞行中的幻想，青天里平添了几堆破碎的浮云。

① 达文謇：今译为达·芬奇，意大利文艺复兴时期画家、自然科学家、工程师，是少见的全才。——编者注

叁 回忆都是我精神的食料

青春之所以可爱也就在它给少年以希望，赠老年以惆怅……好多人埋怨青春骗了我们，先允许我们一个乐园，后来毫不践言只送些眼泪同长叹。然而这正是青春的好处，它这样子供给我们活气，不至于陷于颓偿了的无为。

——梁遇春

一封未曾付邮的信

/
沈从文

阴郁模样的从文，目送二掌柜出房以后，用两只瘦而小的手撑住了下巴，把两个手拐子搁到桌子上去，“唉！无意义的人生！——可诅咒的人生！”伤心极了，两个陷了进去的眼孔内，热的泪只是朝外滚。

“再无办法，火食可开不成了！”二掌柜的话很使他十分难堪，但他并不以为二掌柜对他是侮辱与无理。他知道，一个开公寓的人，如果住上了三个以上像他这样的客人，公寓中受的影响，是能够陷于关门的地位的。他只伤心自己的命运。

“我不能奋斗去生，未必连爽爽快快去结果了自己也不能吧？”一个不良的思绪时时抓着他的心。

生的欲望，似乎是一件美丽东西

生的欲望，似乎是一件美丽东西。

也许是未来的美丽的梦，在他面前不住的晃来晃去，于是，他又握起笔来写他的信了。他要在这最后一次决定自己的命运。

A 先生：

在你看我信以前，我先在这里向你道歉，请原谅我！

一个人，平白无故向别一个陌生人写出许多无味的话语，妨碍了别人正经事情；有时候，还得给人以不愉快，我知道，这是一桩很不对的行为。不过，我为求生，除了这个似乎已无第二个途径了！所以我不怕别人讨嫌，依然写了这信。

先生对这事，若是懒于去理会，我觉得并不什么要紧。我希望能够象在夏天大雨中，见到一个大水泡为第二个雨点破灭了一般不措意。

我很为难。因为我并不曾读过什么书，不知道如何来说明我的为人以及对于先生的希望。

我是一个失业人——不，我并不失业，我简直是无业人！我无家，我是浪人——我在十三岁以前就成了一个无家可归的人了。过去的六年，我只是这里那里无目的的流浪。

我坐在这不可收拾的破烂命运之舟上，竟想不出办法去找一个一年以上的固定生活。我成了一张小而无根的浮萍，风是如何吹——风的去处，便是我的去处。湖南，四川，到处飘，我如今竟又飘到这死沉沉的沙漠北京了。

经验告我是如何不适于徒坐。我便想法去寻觅相当的工作，我到一些同乡们跟前去陈述我的愿望，我到各小工场去询问，我又各处照这个样子写了好多封信去，表明我的愿望是如何低而容易满足。可是，总是失望！生活正同弃我而去的女人一样，无论我是如何设法去与她接近，到头终于失败。

一个陌生少年，在这茫茫人海中，更何处去寻找同情与爱？我怀疑，这是我方法的不适当。

人类的同情，是轮不到我头上了。但我并不怨人们待我苛刻。我知道，在这个扰攘争逐世界里，别人并不须对他人尽什么应当尽的义务。

生活之绳，看看是要把我扼死了！我竟无法去解除。

我希望在先生面前充一个仆欧。我只要生！我不管任何生活都满意！我愿意用我手与脑终日劳作，来换取每日最低限度的生活费。我愿……我请先生为我寻一生活法。

我以为："能用笔写他心同情于不幸者的人，不会拒绝这样一个小孩子。"这愚陋可笑的见解，增加了我执笔的勇气。

我住处是××××，倘若先生回复我这小小愿望时。

愿先生康健！

"伙计！伙计！"他把信写好了，叫伙计付邮。

"什么？——有什么事？"在他喊了六七声以后，才听到一个懒懒的应声。从这声中，可以见到一点不愿理会的轻蔑与骄态。

他生出一点火气来了。但他知道这时发脾气，对事情没有好处，且简直是有害的，便依然按捺着性子，和和气气的喊，“来呀，有事！”

一个青脸庞二掌柜兼伙计，气呼呼的立在他面前。他准备把信放进刚写好的封套里，“请你发一下！……本京一分……三个子儿就得了！”

“没得邮花怎么发？……是的，就是一分，也没有！——你不看早上洋火、夜里的油是怎么来的！”

“……”

“一个子没有如何发？——哪里去借？”

“……”

“谁扯诳？——那无法……”

“那算了吧。”他实在不能再看二掌柜难看的青色脸了，打发了他出去。窗子外面，一声小小冷笑送到他耳朵边来。

他同疯狂一样，全身战栗，粗暴的从桌上取过信来，一撕两半。那两张信纸，轻轻的掉了下地，他并不去注意，只将两个半边信封，叠做一处，又是一撕，向字篓中尽力的掼去。

寄给一个失恋人的信

/
梁遇春

一

秋心：

在我这种懒散心情之下，居然呵开冻砚，拿起那已经有一星期没有动的笔，来写这封长信；无非是因为你是要半年才有封信。现在信来了，我若使又迟延好久才复，或者一搁起来就忘记去了；将来恐怕真成个音信渺茫，生死莫知了。

来信你告诉我你起先对她怎样钟情想由同她互爱中得点人生的慰藉，她本来是何等的温柔，后来又如何变成铁石心人，同你现在衰颓的生活，悲观的态度。整整写了二十张十二行的信纸，我看了非常高兴。我知道你绝对不会想因为我自己没有爱人，所以看别人丢了爱人，就现出卑鄙的笑容来。若使你对我能够有这样的见解，你就不写这封悱恻动人的长信给我了。我真有可以高兴的理由。在这万分寂寞一个人坐在炉边的时候，几千里外来了一封八年前老朋友的信，痛快地暴露他心中最深一层的秘密，推心置腹般娓娓细谈他失败的情史，使我觉得世界上还有一个人这样爱我，信我，来向我找些同情同热泪，真好像一片洁白耀目的光线，射进我这精神上之牢狱。最叫我满意是由你这信我知道现在的秋心还是八年前的秋心。八年的时光，流水行云般过去了。现在我们虽然还是少年，然而最好的青春已过去一大半了。所以我总是爱想到从前的事情。八年前我们一块游玩的情境，自然直率的谈话是常浮现在我梦境中间，尤其在讲堂上睁开眼睛所做的梦的中间。你现在写信来哭诉你的怨情简直同八年前你含着一泡眼泪咽着声音讲给我听你父亲怎样骂你的神气一样。但是我那时能够用手巾来擦干你的眼泪，现在呢？我只好仗我这枝秃笔来替那陪你呜咽，抚你肩膀低声的安慰。秋心，我们虽然八年没有见一面，半年一通讯，你小孩时候雪白的脸，桃红的颊同你眉目间那一股英武的气概却长存在我记忆里头，我们天天在校园踏着桃花瓣的散步，树荫底下石阶上面坐着唧唧哝哝的谈天，回想起来真是亚当没有吃果前乐园的生活。当我读关于美少年的文学，我就记起我八年前的游伴。无论是述 Narcissus① 的故事，Shakespeare② 百余首的十四行诗，Gray③ 给 Bonstetten④ 的信，Keats⑤ 的 *Endymion*⑥，

① Narcissus：那喀索斯，希腊神话中的美少年，因爱恋自己在湖水中的倒影，不吃不喝，不肯离去，最终死去。也译为水仙花、自恋者。——编者注

② Shakespeare：威廉·莎士比亚（William Shakespeare，1564—1616），英国著名剧作家、诗人，代表作有《罗密欧与朱丽叶》《哈姆雷特》等。——编者注

③ Gray：托马斯·格雷（Thomas Gray,1716—1771），英国诗人。——编者注

④ Bonstetten：邦施泰滕（Bonstetten，1745—1832），瑞士作家。——编者注

⑤ Keats：约翰·济慈（John Keats，1795—1821），英国诗人。——编者注

⑥ *Endymion*：《恩底弥翁》，济慈的一首叙事长诗，改编自希腊神话，讲述少年恩底弥翁与月亮女神相恋的故事。——编者注

Wilde[①]的Dorian Gray[②]都引起我无限的愁思而怀念着久不写信给我的秋心。十年前的我也不像现在这么无精打采的形相，那时我性情也温和得多，面上也充满有青春的光彩，你还记着我们那一回修学旅行吧？因为我是生长在城市，不会爬山，你是无时不在我旁边，拉着我的手走上那崎岖光滑的山路。你一面走一面又讲好多故事，来打散我恐惧的心情。我那一回出疹子，你瞒着你的家人，到我家里，瞧个机会不给我家人看见跑到我床边来，你喘气也喘不过来似讲的：“好容易同你谈几句话！我来了五趟，不是给你祖母拦住，就是被你父亲拉着，说一大阵什么染后会变麻子……”这件事我想一定是深印在你心中。忆起你那时的殷勤情谊更觉得现在我天天碰着的人的冷酷，也更使我留恋那已经不可再得的春风里的生活。

提起往事，徒然加你的惆怅，还是谈别的吧。

来信中很含着“既有今日，何必当初”的意思。这差不多是失恋人的口号，也是失恋人心中最苦痛的观念。我很反对这种论调，我反对，并不是因为我想打破你的烦恼同愁怨。一个人的情调应当任它自然地发展，旁人更不当来用话去压制它的生长，使他堕到一种莫名其妙的烦闷网子里去。真真同情于朋友忧愁的人，绝

① Wilde：奥斯卡·王尔德（Oscar Wilde，1854—1900），英国著名作家，唯美主义代表人物。——编者注

② Dorian Gray：道林·格雷，王尔德的长篇小说《道林·格雷的画像》的主人公，样貌俊美，但内心逐渐堕落，最终以死偿还罪孽。——编者注

不会残忍地去扑灭他朋友怀在心中的幽情。他一定是用他的情感的共鸣使他朋友得点真同情的好处，我总觉“既有今日，何必当初”这句话对“过去”未免太藐视了。我是个恋着“过去”的骸骨同化石的人，我深切感到“过去”在人生的意义，尽管你讲什么“从前种种譬如昨日死，以后种种譬如今日生”同 Let bygones be bygones[①]；“从前”是不会死的。就算形质上看不见，它的精神却还是一样地存在。“过去”也不至于烟消火灭般过去了；它总留了深刻的足迹。理想主义者看宇宙一切过程都是向一个目的走去的，换句话就是世界上物事都是发展一个基本的意义的。他们把“过去”包在“现在”中间一齐望“将来”的路上走，所以 Eemrson[②] 讲“只要我们能够得到‘现在’，把‘过去’拿去给狗子罢了”。这可算是诗人的幻觉。这么漂亮的肥皂泡子不是人人都会吹的。我们老爱一部一部地观察人生，好像舍不得这样猪八戒吃人参果般用一个大抽象概念解释过去。所以我相信要深深地领略人生的味的人们，非把“过去”当做有它独立的价值不可，千万不要只看做“现在”的工具。由我们生来不带乐观性的人看来，“将来”总未免太渺茫了，“现在”不过一刹那，好像一个没有存在的东西似的，所以只有“过去”是这不断时间之流中站得住的岩石。我们只好

① 英文谚语，大意为：过去的事情就让它过去吧。——编者注

② Eemrson：拉尔夫·沃尔多·爱默生（Ralph Waldo Emerson，1803—1882），美国著名思想家、文学家、诗人。——编者注

紧紧抱着它，才免得受漂流无依的苦痛，“过去”是个美术化的东西，因为它同我们隔远看不见了，它另外有一种缥缈不实之美。好像一块风景近看瞧不出好来，到远处一望，就成个美不胜收的好景了。为的是已经物质上不存在，只在我们心境中憬憧着，所以“过去”又带了神秘的色彩。对于我们含有 Melancholy[①] 性质的人们，“过去”更是个无价之宝。Hawthorne[②] 在他《古屋之苔》书中说：“我对我往事的记忆，一个也不能丢了。就是错误同烦恼，我也爱把它们记着。一切的回忆同样地都是我精神的食料。现在把它们都忘丢，就是同我没有活在世间过一样。”不过“过去”是很容易被人忽略去的。而一般失恋人的苦恼都是由忘记“过去”，太重“现在”的结果。实在讲起来失恋人所失丢的只是一小部分现在的爱情。他们从前已经过去的爱情是存在“时间”的宝库中，绝对不会失丢的。在这短促的人生，我们最大的需求同目的是爱，过去的爱同现在的爱是一样重要的。因为现在的爱丢了就把从前之爱看得一个大也不值，这就有点近视眼了。只要从前你们曾经真挚地互爱过，这个记忆已很值得好好保存起来，作这千灾百难人生的慰藉，所以我意思是，“今日”是“今日”，“当初”依然是“当初”，不要因为有了今日这结果，把“当初”一切看做都是镜花水月白

① Melancholy：英文，意为“忧郁、悲伤”。——编者注

② Hawthorne：纳撒尼尔·霍桑（Nathaniel Hawthorne，1804—1864），美国著名小说家。——编者注

费了心思的。爱人的目的是爱情，为了目前小波浪忽然舍得将几年来两人辛辛苦苦织好的爱情之网用剪子铰得粉碎，这未免是不知道怎样去多领略点人生之味的人们的态度了。秋心我劝你将这网子仔细保护着，当你感到寂寞或孤栖的时候，把这网子慢慢张开在你心眼的前面，深深地去享受它的美丽，好像吃过青果后回甘一般，那也不枉你们从前的一场要好了。

照你信的口气，好像你是天下最不幸的人，秋心你只知道情人的失恋是可悲哀，你还不晓得夫妇中间失恋的痛苦。你现在失恋的情况总还带三分 Romantic[①] 的色彩，她虽然是不爱你了，但是能够这样忽然间由情人一变变做陌路之人，倒是件痛快的事——其痛快不下给一个运刀如飞杀人不眨眼的刽子手杀下头一样。最苦的是那一种结婚后二人爱情渐渐不知不觉间淡下去。心中总是感到从前的梦的有点不能实现，而一方面对“爱情”也有些麻木不仁起来。这种肺病的失恋是等于受凌迟刑。挨这种苦的人，精神天天萎痹下去，生活力也一层一层沉到零的地位。这种精神的死亡才是天地间惟一的惨剧。也就因为这种惨剧旁人看不出来，有时连自己都不大明白，所以比别的要惨苦得多。你现在虽然失恋但是你还有一肚子的怨望，还想用很多力写长信去告诉你的惟一老朋友，可见你精神仍是活泼泼跳动着。对于人生还觉得有趣味——不管是詈骂运命，或是赞美人生——总不算个不幸的人。

① Romantic：英文，意为“浪漫的”。——编者注

秋心你想我这话有点道理吗？秋心，你同我谈失恋，真是“流泪眼逢流泪眼”了。我也是个失恋的人，不过我是对我自己的失恋，不是对于在我外面的她的失恋。我这失恋既然是对于自己，所以不显明，旁人也不知道。因此也是更难过的苦痛。无声的呜咽比嚎啕总是更悲哀得多了。我想你现在总是白天魂不守舍地胡思乱想，晚上睁着眼睛看黑暗在那里怔怔发呆，这么下去一定会变成神经衰弱的病。我近来无聊得很，专爱想些不相干的事。我打算以后将我所想的报告给你，你无事时把我所想出的无聊思想拿来想一番，这样总比你现在毫无头绪的乱想，少费心力点罢。有空时也希望你想到那里笔到那里般常写信给我。两个伶仃孤苦的人何妨互相给点安慰呢！

驭聪，十六年阳元宵写于北大西斋

二

秋心：

在我心境万分沉闷时候，接到你由艳阳的南方来的信，虽然只是潦草几行，所说的又是凄凉酸楚的话，然而我眉开眼笑起来了。我不是因为有个烦恼伴侣，所以高兴。真真尝过愁绪的人，是不愿意他的朋友也挨这刺心的苦痛。那个躺在床上呻吟的病人，会愿意他的家人来同病相怜呢？何况每人有自各的情绪，天下绝找不出同样烦闷的人们。可是你的信，使我回忆到我们的过去生活；从前那种天真活泼充满生机的日子却从时光宝库里发出灿烂的阳光，我这彷徨怅惘的胸怀也反照得生气勃勃了。

你**信里很有流水年华、春花秋谢的感想**。这是人们普遍都感到的。我还记得去年读 Arnold Bennett[1] 的 *The Old Wives' Tale*[2] 最后几页的情形。那是在个静悄悄的冬夜，电灯早已暗了，烛光闪着照那已熄的火炉。书中是说一个老妇人在她丈夫死去那夜的悲

信里很有流水年华，春花秋谢的感想

① Arnold Bennett：阿诺德·本涅特（1867—1931），英国著名作家。——编者注

② *The Old Wives' Tale*：《老妇谭》，阿诺德·本涅特的代表作之一。——编者注

哀。“最感动她心的是他曾经年青过，渐渐的老了，现在是死了。他一生就是这么一回事。青春同壮年总是这么结局。什么事情都是这么结局。” Bennett 到底是写实派第一流人物，简简单单几句话把老寡妇的心事写得使我们不能不相信。我当时看完了那末章，觉有个说不出的失望，痴痴的坐着默想，除了渺茫，惨淡，单调，无味，……几个零碎感想外，又没有什么别的意思。以后有时把这些话来咀嚼一下，又生出赞美这青春同逝水一般流去了的想头。假使世上真有驻颜的术，不老的丹，Oscar Wilde 的 Dorian Gray 的梦真能实现，每人都有无穷的青春，那时我们的苦痛比现在恐怕会多得好些，另外有“青春的悲哀”了。本来青春的美就在它那种蜻蜓点水燕子拍绿波的同我们一接近就跑去这一点。看着青春的易逝，才觉得青春的可贵，因此也更想能够在这一去不返的瞬间里得到无穷的快乐。所以在青春时节我们特别有生气，一颗心仿佛是清早的园花，张大了瓣吸收朝露。青春的美大部分就存在着这种努力享乐惟恐不及生命力的跳跃。若使每人前面全现一条不尽的花草缤纷的青春的路，大家都知道青春是常住的，没有误了青春的可怕，谁天天也懒洋洋起来了。青春给我们一抓到，它的美就失丢了，同肥皂泡子相像，只好让它在空中飞翱，将青天红楼全缩映在圆球外面，可是我们的手一碰，立刻变为乌有了。

就说是对这呆板不变的青春，我们仍然能够有些赞赏，不断单调的享乐也会把人弄烦腻了，天下没整天吃糖口胃不觉难受的人。而且把青春变成家常事故，它的浪漫缥缈的美丽也全不见了。本来人活着精神物质方面非动不可，所以在对将来抱着无限希望同捶心跌脚追悔往事，或者回忆从前黄金时代这两个心境里，生命力是不停地奔驰，生活也觉得丰富，而使精神停住来享受现在是不啻叫血管不流一般地自杀政策，将生命的花弄枯萎了不同外河相通的小池终免不了变成秽水，不同别人生同情的心总是枯涸无聊。没有得到爱的少年对爱情是赞美的，做黄金好梦的恋人是充满了欣欢，失恋人同结婚不得意的人在极端失望里爆发出一线对爱情依依不舍的爱恋，和凤凰烧死后又振翼复活再度幼年的时光一样。只有结婚后觉得满意的人是最苦痛的，他们达到日日企望的地方，却只觉空虚渐渐的涨大，说不出所以然来，也想不来一个比他们现状再好的境界，对人生自然生淡了，一切的力气免不了麻痹下去。人生最怕的是得意，使人精神废弛，一切灰心的事情无过于不散的筵席。你还记得前年暑假我们一块划船谈 Wordsworth[①] 诗的快乐罢？那时候你不是极赞美他那首 *Yarrow Unvisited*[②] 说我们应当不要走到尽头，高声地唱：

Twill soothe us in our sorrow

That eart has something yet to show,

---

① Wordsworth：威廉·华兹华斯（William Wordsworth，1770—1850），英国著名浪漫主义诗人。——编者注

② *Yarrow Unvisited*：《被遗忘的蓍草》，华兹华斯的一首诗。——编者注

叁　回忆都是我精神的食料

The bonny holms of Yarrow！[①]

青春之所以可爱也就在它给少年以希望，赠老年以惆怅。（安慰人的能力同希望差不多，比心满意足，登高山洒几滴亚历山大的泪的空虚是好万万倍了。）好多人埋怨青春骗了我们，先允许我们一个乐园，后来毫不践言只送些眼泪同长叹。然而这正是青春的好处，它这样子供给我们活气，不至于陷于颓偿了的无为。希望的妙处全包含在它始终是希望这样事里面，若使每个希望都化做铁硬的事实，那样什么趣味一笔勾销了的世界还有谁愿意住吗？所以年青人可以唱恋爱的歌，失恋人同死了爱人的人也做得出很好失望（希望的又一变相，骨子里差不多的东西）同悼亡的诗，只有那在所谓甜蜜家庭两人互相妥协着的人们心灵是化作灰烬。Keats在情诗中歌颂死同日本人无缘无故地相约情死全是看清楚此中奥妙后的表现。他们只怕青春的长留着，所以用死来划断这青春黄金的线。这般情感锐敏的人若生在青春常住的世界，他们的受难真不是言语所能说。这些话不是我有意要慰解你才说的，这的确我自己这么相信。春花秋谢，谁看着免不了嗟叹。然而假设花老是这么娇红欲滴的开着，春天永久不离大地，这种雕刻似的死板板的美景更会令人悲伤。因为变更是宇宙的原则，也可算做

① 英文，大意为：大地将抚慰我们的哀伤，展示美丽的冬青和蓍草，以及其他一切！——编者注

赏美中一般重要成分。并且春天既然是老滞在人间，我们也跟着失丢了每年一度欢迎春来热烈的快乐。由美神经灵敏人看来，残春也别有它的好处，甚至比艳春更美，为的是里面带种衰颓的色调，互相同春景对照着，十分地显出那将死春光的欣欣生意。夕阳所以“无限好”，全靠着“近黄昏”。让瞥眼过去的青春长留个不灭的影子在心中，好像 Pompeii[①] 废墟，劫后余烬，有人却觉得比完整建筑还好。若使青春的失丢，真是件惨事，倚着拐杖的老头也不会那么笑嘻嘻地说他们的往事了。

十七年三月二日

① Pompeii：庞贝古城，位于意大利南部那不勒斯附近，公元 79 年维苏威火山大爆发时，被火山灰掩埋。——编者注

一封信——给抱怨生活干燥的朋友

/

徐志摩

得到你的信，像是掘到了地下的珍藏，一样的稀罕，一样的宝贵。

看你的信，像是看古代的残碑，表面是模糊的，意致却是深微的。

又像是在尼罗河旁边幕夜，在月亮正照着金字塔的时候，梦见一个穿黄金袍服的帝王，对着我作谜语，我知道他的意思，他说："我无非是一个体面的木乃伊。"

又像是我在**这重山脚下半夜梦醒时**，听见松林里夜鹰的soprano①，可怜的遭人厌毁的鸟，他虽则没有子规那样天赋的妙舌，但我却懂得他的怨愤，他的理想，他的急调，是他的嘲讽与咒诅；我知道他怎样的鄙蔑一切，鄙蔑光明，鄙蔑烦嚣的燕雀，也鄙弃自喜的画眉。

又像是我在普陀山发现的一个奇景；外面看是一大块岩石，但里面却早被海水蚀空，只剩罗汉头似的一个脑壳，每次海涛向这

① soprano：英文，意为"女高音"。——编者注

这重山脚下半夜梦醒时

岛身搂抱时，发出极奥妙的音响，像是情话，像是咒诅，像是祈祷，在雕空的石笋、钟乳间呜咽，像大和琴的谐音在皋雪格[①]的古寺的花椽、石楹间回荡——但除非你有耐心与勇气，攀下几重的石岩，俯身下去凝神的察看与倾听，你也许永远不会想象，不必说发现

① 皋雪格：英文 Gothic 音译，意为“哥特式”。——编者注

这样的秘密。

又像是……但是我知道，朋友，你已经听够了我的比喻，也许你愿意听我自然的嗓音与不做作的语调，不愿意收受用幻想的亮箔包裹着的话，虽则，我不能不补一句，你自己就是最喜欢从一个弯曲的白银喇叭里，吹弄你的古怪的调子。

你说："风大土大，生活干燥。"这话仿佛是一阵奇怪的凉风，使我感觉一个恐惧的战栗；像一团飘零的秋叶，使我的灵魂里掉下一滴悲悯的清泪。

我的记忆里，我似乎自信，并不是没有葡萄酒的颜色与香味，并不是没有妩媚的微笑的痕迹，我想我总可以抵抗你那句灰色的语调的影响——

是的，昨天下午我在田里散步的时候，我不是分明看见两块凶恶的黑云消灭在太阳猛烈的光焰里，五只小山羊，兔子一样的白净，听着她们妈的吩咐在路旁寻草吃，三个捉草的小孩在一个稻屯前抛掷镰刀；自然的活泼给我不少的鼓舞，我对着白云里矗着的宝塔喊说我知道生命是有意趣的。

今天太阳不曾出来，一捆捆的云在空中紧紧的挨着，你的那句话碰巧又添上了几重云蒙，我又疑惑我昨天的宣言了。

我也觉得奇怪，朋友，何以你那句话在我的心里，竟像白垩涂在玻璃上，这半透明的沉闷是一种很巧妙的刑罚，我差不多要喊痛了。

我向我的窗外望，暗沉沉的一片，也没有月亮，也没有星光，日光更不必想，他早已离别了，那边黑蔚蔚的是林子，树上，我知道，是夜鹗的寓处，树下累累的在初夜的微芒中排列着，我也知道，是坟墓，僵的白骨埋在硬的泥里，磷火也不见一星，这样的静，这样的惨，黑夜的胜利是完全的了。

我闭着眼向我的灵府里问讯，呀，我竟寻不到一个与干燥脱离的生活的意象，干燥像一个影子，永远跟着生活的脚后，又像是葱头的葱管，永远附着在生活的头顶，这是一件奇事。

朋友，我抱歉，我不能答复你的话，虽则我很想，我不是爽恺的西风，吹不散天上的云罗，我手里只有一把粗拙的泥锹，如其有美丽的理想或是希望要埋葬，我的工作倒是现成的——我也有过我的经验。

朋友，我并且恐怕，说到最后，我只得收受你的影响，因为你那句话已经凶狠的咬入我的心里，像一个有毒的蝎子，已经沉沉的压在我的心上，像一块盘陀石，我只能忍耐，我只能忍耐……

往日的梦

/
靳以

××，我该真心来感谢你，为你那封短短的信，醒了我一场大梦。这场梦，前前后后占了七年的时日，一直我就是沉在那里，守着那不落边际的理想活了下来。你的信，虽然只是寥寥的几个字，可是每个字的笔画都是一只犀利的矛，直直地刺入了我的胸中。这使我看清了一切的事，把什么都为我剖解开了，要我自己明白这场梦的始终。

我不该饶舌了，我们真的到永远分开的时候了。但是我却从来也没有想到从你的手中会有这样的字句写出来。我决不讳言自己的愚笨，由于自己的愚笨造成四年前的哀伤，但是始终留给我的是无缺的美好。我想即使我是绝世的聪明人，在三年的共处中，知道你个性的小曲折，也无法想得到有这么一天，你会写出这样的信来！

其实，想想看，在这三四年的中间我给过你一点小小的惊扰么？为了你的方便，我都请求你不必再和我通信。自然我知道当你写信时候的苦心。为着自己也要把共处时的一点美好景象永留，也不愿再看你那罩了虚伪袍子的情谊。默默地我活在一个遥远的角落里，每日我的心在相反的情绪里煎熬着。没有一个时候我不想到你，我希望你正得着美满的生活；可是同时却又想到有那么一天，你会悄悄地来到我的身边。这是你自己的话，我想你还能稍稍记得一点，当着那大早晨，你不是流着泪和我说过么：“等着我，迟早要到你那里的。”为了这一句话，四年中每次走回自己的家门都怀着心跳想到：“她也许来了，她也许在等候我。”我的痴呆恰足以使我愚笨到这一步。自然你是没有来，我也想得到你是不会来的，我还想得到你忘记了我的存在。你不是也说过么：“为了忘记你，我以大量的烟酒和淫逸的音乐麻木我的神经，我做到了。”我知道你能做得到，说到忘记一个人，你有着特殊的长处。说到我吧，每次我遇到了从你所住那个城市来的人，我会胆怯地，想问又不敢张口地来问到你。我的脸红着，嗫嚅地说出我的问话；于是一切的声音就都静止了。我什么都听不见，只是等候别人的回答。听到说你是瘦了，又憔悴了，我的心就起始苦痛着。“为什么呢，为什么呢？”我把这同一的疑问千百遍地问着我自己，是生活，是疾病呢？我更会愚笨地想到这是我的罪愆。就为这一点事，几日间我更深地苦恼着自己。我时时像是看到了你消瘦下来的脸，使我的幻想都无凭藉了。我不知道会瘦成什么样子，该更显得高起一点来了吧，该更不能忍受气候的变化了吧？

我都能毫不掩饰地告诉你，离开你几年间我就是一直这样地活了下来。多少人说我不该了，更好的友人就用责备的语气来说，我都忍耐着；可是到了再也不能忍下去的时节，我就把我们曾经是如何好过来的事稍稍说一些，友人就不说话了，只是用温抚的手，拍着我的肩，告诉着我：“自己慢慢地强硬一点起来吧。”

怎么样我才能强硬起来呢，我一点也不知道。在平日的生活中，一点小小的事情我也想到你的爱恶，仍然像是有你在身旁一样地凡是你所不喜欢的事都不去做，而且因为你，就更坚固了我的自尊心，时时想到我是和那样的一个人好过来的，为了这个原因我该把生活调理得更好一点。我只是生活在理想之中，我不否认，每个友人也都这样的指摘我。怎么样我才能跳到这个存在于面前的天地中，当着**我的记忆里还有那么多美好的过去**？

我的记忆里还有那么多美好的过去

以寂寞苦痛的生活来折磨着自己，几乎自以为是一种赎罪的行为。一切的欣欢都没有我的份，伴了我终日的只是我那灰灰的屋子。“为什么不快活一点呢，你还是这样年轻？”许多人会把这样的话和我说，可是我的手就摸了自己的下颏，那上面正有才冒出来的须尖。人也许是还年轻，心是早已老了，只有那陈旧的对你的情感仍然是那样新鲜。

可是一切我都忍在心中，几年间我从来也没有到你的面前诉说。我却想你也许能想得到，过去的三年日子不是很清楚地使你知道我的性情么？我却真没有想到你的记忆就只如流水，除开刹那的影像就什么也留不住！

一个旧日的友人远远地来了，使他惊讶的是我那纯简的生活。从他那里我更知道了许多你的信息，还有许多友人好意的关怀。我的沉情就又被大大地掀动了。那一晚上整夜地遇见了你。到了早晨，友人看到我那疲惫的精神便问着，我不能隐瞒，就告诉了夜来的事。友人给我广大的同情。于是就想起来为什么要世界上时常存有缺陷呢？他更想着那个“脑后见腮的人”（请你原谅，这是友人来说到那个给你舒适生活的人），那么拙笨和那么庸俗，不见得可以给你较好的生活，就在一月离去的时候，带给你我的一封信。

说到那个人的拙笨，我却仍然是不同意的，至少在攫取女人这一面他有着绝顶的聪明。我真难相信，当着你告诉我的时节，那么一个三十岁以上的男人，为了使女人动心就把头向墙壁上撞去；而且我更惊讶他那虚伪的大量，就是和你结合之后，情愿请我为你家中常住的客人。这正就是他的聪明处。我呢，我始终就是不屑于理那个卑琐的小人。我的个性使我如此，不止是那个人，就是你以为有用的好人物，不是也时常为我加以白眼么？

想到写信了就一直在脑子里萦绕着，时常默默问了自己的是，我该如何来下笔呢？人是相离近四年了，虽然知道了生活的一点梗概，不可知的变化正不知有多少。有的时候我伏到桌上，开头的称呼也许就难住了我。该说的话像是太多了，就觉得一句话也没有法子说出来。其他的事我都停顿了，就是这样我守着深夜。睡中我也是不安静，我不知道这将是苦难的终了或是增深，几年来就好像一直不是为了自己活下来的。终于想到过去朴实的生活，坦白的相待，在友人离去的前一夜我就写去了那封信。当着我那封信放到友人的手中，自己的身子和心都微微地打着抖。我不知道它的命运将如何，我更不知道自己的命运将如何。

为了一封信，自己的心就像是在更大的焦灼中。尽着理想的可能向了不良的结果那面想去；可是在心中偶然（对于自己都像是有点偷藏的意味）也想着，真若是事情的变化如自己真心的理想呢？那就什么都该改过了，而且我，几年来的生活证明我需要人的温抚，我知道若是有你在我的身边，我就能更有力，更勇敢地活下去。

好心的友人不忍使我有过久的期待（他说过和我同住过一个月，对我更明了得多一些了），很快就有了信来。在信中写着随了另外一个友人去看你，写着遇到你了，瘦弱而憔悴。写着在墙上看到了一张照片，一男一女和一个孩子。他还告诉我孩子是美丽的，男人是痴笨的（他就用了“脑后见腮”的这一句话来形容）。说到你呢，他说你是若有所思的样子，他还告诉我如何当着女仆走了进去的时节，他们起始说到我的事。也许是他的过想，他觉得你像是觉得不安和 guilty[①] 的样子。于是那封信交到你的手中。他们还殷切地说着无论如何给我一封信，他们代我写下了我所住的地方。

但是由于友人的观察，知道你已经十分适合于你的生活了。当着这外来的情感触到你的心上，稍稍地动了一下，便会全然静止下来。这是不可征服的惰性在主宰着，要使你一代一代地只成为附庸于别人的动物。他更劝我把心平下去，为着自己，为着多少友人们该更努力下去。

我知道友人所看到的自有一番真实，但是几年来的梦一直抓住了我，即使有较清楚的想念也不能进入我的脑子。我想，就是能得着你的一封信，一封以诚坦的句子写出的信，也能使我那僵死的情感一半复苏起来。

我就等待着，等待着。

终于你的信就来了，那是在我为了母亲的病离开所住的地方五日后又回来的时候。在许多信件中我一下就看出你的笔迹（那

① guilty：英文，意为“内疚的”。——编者注

一直是为人说着和我相像的，可是我却觉着有一点粗犷了）。我匆促地打开来，我就看到了你那无情的字句。我没有想到。一直也没有想到你能把那样的信写给我。我遭受再也不曾想到的打击！我的心在疼痛着，我的全身都颤抖，我的手指凉了下去。七年来的一场梦倏地成为粉碎了。我自己却也好像再也不能支持我的身子和我的心，但是我已经有了决心，从此我不再做一个“情感的傻子”而要做一个“勇敢的傻子”了。

由于你的残忍，我的心这许多天就不能沉下去。我咬着牙，要抖落一切苦恼着我的羁绊！我要自由自在地活下去！我有许多事要做。我再也不做情感的奴隶，我有着极大的信心。我知道我能这样，而且自信或早或晚总能随了自己的心愿。

我绝不会再给你信，而且在我的记忆中，我将使你完全消灭。我要好好地为我自己活下去。

是的，我要好好地活下去。还为着那些关心我的友人们。我要和孤寂的生活挑战，看看我是否真的就如此败北了？

对于你，我们是无关的日和夜。我们永不相遇，而且我决不会使你的名字再挂在我的嘴上。我明白你的好生活，我愿意那样的好生活永远随了你。

我再告诉你，我是十分感谢你的那封信，那使我看到了你是一个什么样的人，而且我也能从苦痛的桎梏中重生起来。……

愁情一缕付征鸿

/

庐隐

颦：

你想不到我有冒雨到陶然亭的勇气！妙极了，今日的天气，从黎明一直到黄昏，都是阴森着，沉重的愁云紧压着山尖，不由得我的眉峰蹙起，——可是在时刻挥汗的酷暑中，忽有这么仿佛秋凉的一天，多么使人兴奋！汗自然的干了，心头也不会燥热得发跳；简直是初赦的囚人，四围顿觉松动。

颦！你当然理会得，关于我的癖性，我是喜欢暗淡的光线，和模糊的轮廓，我喜欢远树笼烟的画境，我喜欢晨光熹微中的一切，天地间的美，都在这不可捉摸的前途里，所以我最喜欢“笑而不答心自闲”的微妙人生。雨丝若笼雾的天气，要比丽日当空时玄妙得多！

今日我的工作，比任何一天都多，成绩都好。当我坐在公事房的案前，翠碧的树影，横映于窗间，涮涮的雨滴声，如古琴的幽韵，我写完了一篇温妮的故事，心神一直浸在冷爽的雨境里。

雨丝一阵紧，一阵稀，一直落到黄昏，忽在叠云堆里，露出一线淡薄的斜阳，照在一切沐浴后的景物上，真的，颦！比美女的秋波还要清丽动怜，我真不知怎样形容才恰如其分，但我相信你总领会得，是不？

这时君素忽来约我到陶然亭去，鞶！你当然深切的记得陶然亭的景物，——万顷芦田，翠苇已有人高。我们下了车，慢慢踏着湿润的土道走着，从苇隙里已看见白玉石碑矗立，鞶！呵！我的灵海颤动了，我想到千里外的你，更想到隔绝人天的涵和辛。我悲郁的长叹，使君素诧异，或者也许有些惘然了。他悄悄对我望着，而且他不让我多在辛的墓旁停留，真催得我紧！我只得跟着他走了；上了一个小土坡，那便是鹦鹉冢，我蹲在地下，细细辨认鹦鹉曲。鞶！你总明白北京城我的残痕最多，这陶然亭，更深深的埋葬着不朽的残痕。五六年前的一个秋晨吧：蓼花开得正好，梧桐还不曾结子，可是翠苇比现在还要高，我们在这里履行最凄凉别宴，自然没有很丰盛的筵席。并且除了我和涵也更没有第三人。我们带来一瓶血色的葡萄酒，和一包五香牛肉干，也还有几个辛酸的梅子。我们来到鹦鹉冢旁，把东西放下，搬了两块白石，权且坐下。涵将酒瓶打开，我用小玉杯倒了满满的一盏，鹦鹉冢前，虔诚的礼祝后，就把那一盏酒竟洒在鹦鹉冢旁。这也许没有什么意义，但是如今这印象兀自深印心头！

我祭奠鹦鹉以后，涵似乎得了一种暗示，他握着我的手说：“音！我们的别宴不太凄凉？”我自然明白他言外之意，但是我不愿这迷信是有证实的可能。我咽住凄意笑道：“我闹着玩呢，你别管那些，咱们喝酒吧，你不是说在你离开之先，要在我面前一醉？好，涵！你尽量的喝吧。”他果然拿起杯子，连连喝了几杯，他的量最浅，不过三四杯的葡萄酒，他已经醉了——两颊红润得如黄昏时的晚霞。他闭眼斜卧在草地上，我坐在他的身旁，把剩下大半瓶的酒，完全喝了；我由不得想到涵明天就要走了，离别是什么滋味？不孤零如沙漠中的旅人？无人对我的悲叹注意，无人为我的不眠嘘唏！我颤抖！我失却一切矜持的力，我悄悄的垂泪。涵睁开眼对我怔视，仿佛要对我剖白什么似的，但他始终未哼出一个字，他用手帕紧紧捂住脸，隐隐透出啜泣之声，这旷野荒郊充满了幽厉之凄音。

鞹！悲剧中的一角之造成，真有些自甘陷溺之愚蠢，但自古到今，有几个能自拔？这就是天地缺陷的唯一原因！

我在鹦鹉冢旁眷怀往事，心痕暴裂。鞹！我相信如果你在眼前，我必致放声痛哭，不过除了在你面前，我不愿向人流泪，况且君素又催我走，结果我咽下将要崩泻的泪液。我们绕过了芦堤，沿着土路走到群冢时，细雨又轻轻飘落，我冒雨在晚风中悲嘘。鞹！呵！我实在觉得羡慕你，辛的死，为你遗留下整个的爱，使你常在憬憧的爱园中踯躅，那满地都开着紫罗兰的花，常有爱神出没其中，永远是圣洁的。我的遭遇，虽有些象你，但是比着你逊多了。我不能将涵的骨殖，葬埋在我所愿他葬埋的地方，他的心也许是我的，但除了这不可捉摸的心以外，一切都受了牵掣，我不能象你般替他树碑，也不能象你般，将寂寞的心泪，时时浇洒他的墓土。呵！鞹！我真觉得自己可怜！我每次想痛哭，但是没有地方让我恣意的痛哭。你自然记得，我屡次想伴你到陶然亭去，你总是摇头说："你不用去！"颦！你怜惜我的心，我何尝不知道，因此我除了那一次醉后痛快的哭过，到如今我一直抑积着悲泪，我不敢让我的泪泉溢出。颦！你想这不太难堪？世界上的悲情，孰有过于要哭而不敢哭的！你虽是怜惜我，但你也曾想到这怜惜的结果！

我也知道，残情是应当将它深深的埋葬，可恨我是过分的懦弱，眉目间虽时时含有英气，可济什么事？风吹草动，一点禁不住撩拨！

雨丝越来越紧，君素急要回去，我也知道在这里守着也无味；跟着他离开陶然亭。车子走了不远，我又回头前望，只见丛芦翠碧，雨雾幂幂，一切渐渐模糊了。

到家以后，大雨滂沱，君素也不能回去，我们坐在书房里，君素在案上写字，我悄悄坐在沙发上沉思。颦呵！我们相隔千里，我固然不知道你那时在做什么；可是**我想你的心魂，日夜萦绕着陶然亭旁的孤墓**！人间是空虚的，我们这种摆脱不开，聪明人未免要笑我们多余，——有时我自己也觉得似乎多余！然而只有颦你能明白：这绵绵不尽的哀愁，在我们有生之日，无论如何，是不能扫尽抛开的！

我向往想做英雄，——但此念越强，我的哀愁越深，为人类流同情的泪，固然比较一切伟大，不过对于自身的伤痕，不知抚摸惘惜的人，也绝对不是英雄。颦，我们将来也许能做到英雄，不过除非是由辛和涵使我们在悲愁中挣扎起来，我们绝不会有

我想你的心魂，日夜萦绕着陶然亭旁的孤墓

受过陶炼的热情，在我们深邃的心田中蒸勃！

我知道你近来心绪不好，本不应再把这些近乎撩拨的话对你诉说，然而我不说，便如鲠在喉，并且我痴心希望，说了后可以减少彼此的深郁的烦纡，所以这一缕愁情，终付征鸿，颦！请你恕我！

肆 倾听生命的允诺

何不默认这一点：在迷惘中人最应该有笑，这种的笑，虽然是敛住神经，敛住肌肉，仅是毅力的后背，它却是必需的，如同保护色对于许多生物，是必需的一样。

——林徽因

彼此

/
林徽因

朋友又见面了，点点头笑笑，彼此晓得这一年不比往年，彼此是同增了许多经验。个别地说，这时间中每一人的经历虽都有特殊的形相，含着特殊的滋味，需要个别的情绪来分析来描述。

综合地说，这许多经验却是一整片仿佛同式同色，同大小，同分量的迷惘。你触着那一角，我碰上这一头，归根还是那一片迷惘笼罩着彼此。七月！——这两字就如同史歌的开头那么有劲——八月，九月带来了那狂风，后来。后来过了年，——那无法忘记的除夕！——又是那一月，二月，三月，到了七月，再接再厉的又到了年夜。现在又是一月二月在开始……谁记得最清楚，这串日子是怎样地延续下来，生活如何地变？想来彼此都不会记得过分清晰，一切都似乎在迷离中旋转，但谁又会忘掉那么切肤的重重忧患的网膜？

经过炮火或流浪的洗礼，变换又变换的日月，难道彼此脸上没有一点记载这经验的痕迹？但是当整一片国土纵横着创痕，大家都是“离散而相失……去故乡而就远”，自然“心婵媛而伤怀兮，眇不知其所蹠”，脸上所刻那几道并不使彼此惊讶，所以还只是笑笑好。口角边常添几道酸甜的纹路，可以帮助彼此咀嚼生活。何不默认这一点：在迷惘中人最应该有笑，这种的笑，虽然是敛住神经，敛住肌肉，仅是毅力的后背，它却是必需的，如同保护色对于许多生物，是必需的一样。

那一晚在 ×× 江心，某一来船的甲板上，热臭的人丛中，他记起他那时的困顿饥渴和狼狈，旋绕他头上的却是那真实倒如同幻象，幻象又成了真实的狂敌杀人的工具，敏捷而近代型的飞机：美丽得像鱼像鸟……这里黯然的一掬笑是必需的，因为同样的另外一个人懂得那原始的骤然唤起纯筋肉反射作用的恐怖。他也正在想那时他在 ×× 车站台上露宿，天上有月，左右有人，零落如同被风雨摧落后的落叶，瑟索地蜷伏着，他们心里都在回味那一天他们所初次尝到的敌机的轰炸！谈话就可以这样无限制的延长，因为现在都这样的记忆，——比这样更辛辣苦楚的——在各人心里真是太多了！随便提起一个地名大家所熟悉的都会或商埠，随着全会涌起怎样的一个最后印象！

再说初入一个陌生城市的一天，——这经验现在又多普遍——尤其是在夜间，这里就把个别的情形和感触除外，在大家心底曾留下的还不是一剂彼此都熟识的清凉散？苦里带涩，那滋味侵入脾胃时，小小的冷噤会轻轻在背脊上爬过，用不着丝毫锐性的感伤！也许他可以说他在那夜进入某某城内时，**看到一列小店门前凄惶的灯，黄黄的发出奇异的晕光**，使他嗓子里如梗着刺，感到一种发紧的触觉。你能所记得的却是某一号车站后面黯白的煤汽

看到一列小店门前凄惶的灯，黄黄的发出奇异的晕光

灯射到陌生的街心里，使你心里好像失落了什么。

那陌生的城市，在地图上指出时，你所经过的同他所经过的也可以有极大的距离，你同他当时的情形也可以完全的不相同。但是在这里，个别的异同似乎非常之不相干；相干的仅是你我会彼此点头，彼此会意，于是也会彼此地笑笑。

七月在卢沟桥与敌人开火以后，纵横中国土地上的脚印密密地衔接起来，更加增了中国地域广漠的证据。每个人参加过这广漠地面上流转的大韵律的，对于尘土和血，两件在寻常不多为人所理会的，极寻常的天然质素，现在每人在他个别的角上，对它们都发生了莫大亲切的认识。每一寸土，每一滴血，这种话，已是可接触，可把持的十分真实的事物，不仅是一句话一个“概念”而已。

在前线的前线，兴奋和疲劳已掺拌着尘土和血另成一种生活的形体魂魄。睡与醒中间，饥与食中间，生和死中间，距离短得几乎不存在！生活只是一股力，死亡一片沉默的恨，事情简单得无可再简单。尚在生存着的，继续着是力，死去的也继续着堆积成更大的恨。恨又生力，力又变恨，惘惘地却勇敢地循环着，其他一切则全是悬在这两者中间悲壮热烈地穿插。

在后方，事情却没有如此简单，生活仍然缓弛地伸缩着；食宿生死间距离恰像黄昏长影，长长的，尽向前引伸，像要扑入夜色，同夜溶成一片模糊。在日夜宽泛的循回里于是穿插反更多了，真是天地无穷，人生长勤。生之穿插零乱而琐屑，完全无特殊的色泽或轮廓，更不必说英雄气息壮烈成分。斑斑点点仅像小血锈凝在生活上，在你最不经意中烙印生活。如果你有志不让生活在小处窳败，逐渐减损，由锐而钝，由张而弛，你就得更感谢那许多极平常而琐碎的磨擦，无日无夜地透过你的神经，肌肉或意识。这种时候，叹息是悬起了，因一切虽然细小，却绝非从前所熟识的感伤。每件经验都有它粗壮的真实，没有叹息的余地。口边那酸甜的纹路是实际哀乐所刻划而成，是一种坚忍韧性的笑。因为生活既不是简单的火焰时，它本身是很沉重，需要韧性地支持，需要产生这韧性支持的力量。

现在后方的问题，是这种力量的源泉在哪里？决不凭着平日均衡的理智，——那是不够的，天知道！尤其是在这时候，情感就在皮肤底下“踊跃其若汤”，似乎它所需要的是超理智的冲动！现在后方被缓的生活，紧的情感，两面磨擦得愁郁无快，居戚戚而不可解，每个人都可以苦恼而又热情地唱“终长夜之曼曼兮，掩此哀而不去”，或“宁溘死而流亡兮，不忍为此之常愁”！支持这日子的主力在哪里呢？你我生死，就不检讨它的意义以自大。也还需要一点结实的凭借才好。

我认得有个人，很寻常地过着国难日子的寻常人，写信给他朋友说，他的嗓子虽然总是那么干哑，他却要哑着嗓子私下告诉他的朋友：他感到无论如何在这时候，他为这可爱的老国家带着血活着，或流着血或不流着血死去，他都觉到荣耀，异于寻常的，他现在对于生与死都必然感到满足。这话或许可以在许多心弦上叩起回响，我常思索这简单朴实的情感是从哪里来的。信念？像一道泉流透过意识，我开始明了理智同热血的冲动以外，还有个纯真的力量的出处。信心产生力量，又可储蓄力量。

信仰坐在我们中间多少时候了，你我可曾觉察到？信仰所给予我们的力量不也正是那坚忍韧性的倔强？我们都相信，我们只要都为它忠贞地活着或死去，我们的大国家自会永远地向前迈进，由一个时代到又一个时代。我们在这生是如此艰难，死是这样容易的时候，彼此仍会微笑点头的缘故也就在这里吧？现在生活既这样的彼此患难同味，这信心自是，我们此时最主要的联系，不信你问他为什么仍这样硬朗地活着，他的回答自然也是你的回答，如果他也问你。

信仰坐在我们中间多少时候了？那理智热情都不能代替的信心！

思索时许多事，在思流的过程中，总是那么晦涩，明了时自己都好笑所想到的是那么简单明显的事实！此时我拭下额汗，差不多可以意识到自己口边的纹路，我尊重着那酸甜的笑，因为我明白起来，它是力量。

话不用再说了，现在一切都是这么彼此，这么共同，个别的情绪这么不相干。当前的艰苦不是个别的，而是普遍的，充满整一个民族，整一个时代！我们今天所叫做生活的，过后它便是历史。客观的无疑我们彼此所熟识的艰苦正在展开一个大时代。所以别忽略了我们现在彼此地点点头。且最好让我们共同酸甜的笑纹，有力地，坚韧地，横过历史。

心的声音

/
瞿秋白

心呢？……真如香象渡河，毫无迹象可寻；他空空洞洞，也不是春鸟，也不是夏雷，也不是冬风，更何处来的声音？静悄悄地听一听：隐隐约约，微微细细，一丝一息的声音都是外界的，何尝有什么“心的声音”。一时一刻，一分一秒间久久暂暂的声音都是外界的，又何尝有什么“心的声音”；千里万里，一寸尺间远远近近的声音，也都是外界的，更何尝有什么“心的声音”。钩辀格磔，殷殷洪洪，啾啾唧唧，呼号刁翟，这都听得很清清楚楚么，却是怎样听见的呢？一丝一息的响动，澎湃訇磕的震动，鸟兽和人的声音，**风雨江海的声音几千万年来永永不断**，爆竹和发枪的声音一刹那间已经过去，这都听得清清楚楚么，都是怎样听见的？短衫袋里时表的声音，枕上耳鼓里脉搏的声音，大西洋海啸的声音，太阳系外陨石的声音，这都听得清清楚楚么，却是怎样听见的呢？听见的声音果真有没有差误，我不知道，单要让他去响者自响，让我来听者自听，我已经是不能做到，这静悄悄地听着，我安安静静地等着；响！心里响呢，心外响呢？心里响的——不是！心里没有响。心外响的——不是！要是心外响的，又怎样能听见他

风雨江海的声音几千万年来永永不断

呢？我心上想着，我的心响着。

我听见的声音不少了！我听不了许多凤箫细细，吴语喁喁底声音。我听不了许多管、弦、丝、竹、披霞那、繁华令的声音。我听不了许多呼卢喝雉，清脆的骰声，嘈杂的牌声。我听不了许多炮声、炸弹声、地雷声、水雷声、军鼓、军号、指挥刀、铁锁链的声。我更听不了许多高呼爱国的杀敌声。为什么我心上又一一有回音?

一九一九年五月一日我在亚洲初听见欧洲一个妖怪的声音。他这声音我听见已迟了。——真听见了么?——可是还正在发扬呢。再听听呢，以后的声音可多着哪!欧洲，美洲，亚洲，北京，上海，纽约，巴黎，伦敦，东京……不用说了。可是，为什么，我心上又一一有回音呢?究竟还是心上的回音呢?还是心的声音呢?

一九二〇年三月六日晚上（庚申正月十五夜），静悄悄地帐子垂下了；月影上窗了，十二点过了，壁上的钟滴嗒滴嗒，床头的表悉杀悉杀，梦里听得枕上隐隐约约耳鼓里一上一下的脉搏声，静沉沉，静沉沉，世界寂灭了么?猛听得砰的一声爆竹，接二连三响了一阵。邻家呼酒了：

“春兰!你又睡着了么?”

“是，着，我没有。”

“胡说!我听着呢。刚才还在里间屋子里呼呼地打鼾呢。还要抵赖!快到厨房里去把酒再温一温好。”

我心上想道：“打鼾声么?我刚才梦里也许有的。他许要来骂我了。”一会儿又听着东边远远地提高着嗓子嚷:“洋……面……饽饽”，接着又有一阵鞭爆声;听着自远而近的三弦声凄凉的音调，冷涩悲亢的声韵渐渐地近了……呜呜的汽车声飙然地过去了……还听得“洋……面……饽饽”叫着，已经渐远了，不大听得清楚了，三弦声更近了，墙壁外的脚步声、竹杖声清清楚楚，一步一敲，三弦忽然停住了。——呼呼一阵风声，月影儿动了两动，窗帘和帐子摇荡了一会儿……好冷呵！静悄悄地再听一听，寂然一丝声息都没有了，世界寂灭了么?

月影儿冷笑：“哼，世界寂灭了！大地上正奏着好音乐，你自己不去听！那洪大的声音，全宇宙都弥漫了，金星人，火星人，地球人都快被他惊醒那千百万年的迷梦了！地球东半个，亚洲的共和国里难道听不见？现在他的名义上的中央政府已经公布了八十几种的音乐谱，乐歌，使他国里的人民仔细去听一听，你也可以随喜随喜，去听听罢。”我不懂他所说的声音。我只知道我所说的声音。我不能回答他。我想，我心响。心响，心上想：“这一切声音，这一切……都也许是心外心里的声音，心上的回音，心的声音，却的确都是‘心的声音’。你静悄悄地去听，你以后细细地去听。心在那？心呢？……在这里。”

论不满现状

/
朱自清

那一个时代事实上总有许许多多不满现状的人。现代以前，这些人怎样对付他们的“不满”呢？在老百姓是怨命，怨世道，怨年头。年头就是时代，世道由于气数，都是机械的必然；主要的还是命，自己的命不好，才生在这个世道里，这个年头上，怪谁呢！命也是机械的必然。这可以说是“怨天”，是一种定命论。命定了吃苦头，只好吃苦头，不吃也得吃。读书人固然也怨命，可是强调那“时世日非”“人心不古”的慨叹，好像“人心不古”才“时世日非”的。这可以说是“怨天”而兼“尤人”，主要的是“尤人”。人心为什么会不古呢？原故是不行仁政，不施德教，也就是贤者不在位，统治者不好。这是一种唯心的人治论。可是贤者为什么不在位呢？人们也只会说“天实为之！”这就又归到定命论了。可是**读书人比老百姓强，他们可以做隐士，啸傲山林，让老百姓养着**；固然没有富贵荣华，却不至于吃着老百姓吃的那些苦头。做隐士可以说是不和统治者合作，也可以说是扔下不管。所谓“穷则独善其身”，一般就是这个意思。既然“独善其身”，自然就管不着别人死活和天下兴亡了。于是老百姓不满现状而忍下去，读书人不满现状而避开去，结局是维持现状，让统治者稳坐江山。

但是读书人也要“达则兼善天下”。从前时代这种“达”就是“得君行道”；真能得君行道，当然要多多少少改变那自己不满别人

读书人比老百姓强，他们可以做隐士，啸傲山林，让老百姓养着

也不满的现状。可是所谓别人，还是些读书人；改变现状要以增加他们的利益为主，老百姓只能沾些光，甚至于只担个名儿。若是太多照顾到老百姓，分了读书人的利益，读书人会得更加不满，起来阻挠改变现状；他们这时候是宁可维持现状的。宋朝王安石变法，引起了大反动，就是个显明的例子。有些读书人虽然不能得君行道，可是一辈子憧憬着有这么一天。到了既穷且老，眼看

着不会有这么一天了，他们也要著书立说，希望后世还可以有那么一天，行他们的道，改变改变那不满人意的现状。但是后世太渺茫了，自然还是自己来办的好，那怕只改变一点儿，甚至于只改变自己的地位，也是好的。况且能够著书立说的究竟不太多；著书立说诚然渺茫，还是一条出路，连这个也不能，那一腔子不满向哪儿发泄呢！于是乎有了失志之士或失意之士。这种读书人往往不择手段，只求达到目的。政府不用他们，他们就去依附权门，依附地方政权，依附割据政权，甚至于和反叛政府的人合作；极端的甚至于甘心去做汉奸，像刘豫、张邦昌那些人。这种失意的人往往只看到自己或自己的一群的富贵荣华，没有原则，只求改变，甚至于只求破坏——他们好在浑水里捞鱼。这种人往往少有才，挑拨离间，诡计多端，可是得依附某种权力，才能发生作用；他们只能做俗话说的“军师”。统治者却又讨厌又怕这种人，他们是捣乱鬼！但是可能成为这种人的似乎越来越多，又杀不尽，于是只好给些闲差，给些干薪，来绥靖他们，吊着他们的口味。这叫做“养士”，为的正是维持现状，稳坐江山。

然而老百姓的忍耐性，这里面包括韧性和惰性，虽然很大，却也有个限度。“狗急跳墙”，何况是人！到了现状坏到怎么吃苦还是活不下去的时候，人心浮动，也就是情绪高涨，老百姓本能的不顾一切的起来了，他们要打破现状。他们不知道怎样改变现状，可是一股子劲先打破了它再说，想着打破了总有希望些。这种局势，规模小的叫“民变”，大的就是“造反”。农民是主力，他们有他们自己的领导人。在历史上这种“民变”或“造反”并不少，但是大部分都给暂时的压下去了，统治阶级的史官往往只轻描淡写的带几句，甚至于削去不书，所以看来好像天下常常太平似的。然而汉明两代都是农民打出来的天下，老百姓的力量其实是不可轻视的。不过汉明两代虽然是老百姓自己打出来的，结局却依然是一家一姓稳坐江山；而这家人坐了江山，早就失掉了农民的面目，倒去跟读书人一鼻孔出气。老百姓出了一番力，所得的似乎不多。是打破了现状，可又复原了现状，改变是很少的。至于权臣用篡弑，军阀靠武力，夺了政权，换了朝代，那改变大概是更少了罢。

过去的时代以私人为中心，自己为中心，读书人如此，老百姓也如此。所以老百姓打出来的天下还是归于一家一姓，落到读书人的老套里。从前虽然也常说“众擎易举”“众怒难犯”，也常说“爱众”“得众”，然而主要的是“一人有庆，万众赖之”的，“天与人归”的政治局势，那“众”其实是“一盘散沙”而已。现在这时代可改变了。不论叫“群众”“公众”“民众”“大众”，这个“众”的确已经表现一种力量；这种力量从前固然也潜在着，但是非常微弱，现在却强大起来，渐渐足以和统治阶级对抗了，而且还要一天比一天强大。大家在内忧外患里增加了知识和经验，知道了“团结就是力量”，他们渐渐在扬弃那机械的定命论，也渐渐在扬弃那唯心的人治论。一方面读书人也渐渐和统治阶级拆伙，变质为知识阶级。他们已经不能够找到一个角落去不闻理乱的隐居避世，又不屑做也幸而已经没有地方去做“军师”。他们又不甘心做那被人“养着”的“士”，而知识分子又已经太多，事实上也无法“养”着这么大量的“士”。他们只有凭自己的技能和工作来“养”着自己。早些年他们还可以暂时躲在所谓象牙塔里。到了现在这年头，象牙塔下已经变成了十字街，而且这塔已经开始在拆卸了。于是乎他们恐怕只有走出来，走到人群里。大家一同苦闷在这活不下去的现状之中。如果这不满人意的现状老不改变，大家恐怕忍不住要联合起来动手打破它的。重要的是打破之后改变成什么样子？这真是个空前的危疑震撼的局势，我们得提高警觉来应付的。

论且顾眼前

/

朱自清

俗语说："火烧眉毛，且顾眼前。"这句话大概有了年代，我们可以说是人们向来如此。这一回抗战，火烧到了每人的眉毛，"且顾眼前"竟成了一般的守则，一时的风气，却是向来少有的。但是抗战时期大家还有个共同的"胜利"的远景，起初虽然朦胧，后来却越来越清楚。这告诉我们，大家且顾眼前也不妨，不久就会来个长久之计的。

但是惨胜了，战祸起在自己家里，动乱比抗战时期更甚，并且好像没个完似的。没有了共同的远景；有些人简直没有远景，有些人有远景，却只是片段的，全景是在一片朦胧之中。可是火烧得更大了，更快了，能够且顾眼前就是好的，顾得一天是一天，谁还想到什么长久之计！可是这种局面能以长久的拖下去吗？我们是该警觉的。

且顾眼前，情形差别很大。第一类是只顾享乐的人，所谓"今朝有酒今朝醉"。这种人在抗战中大概是些发国难财的人，在胜利后大概是些发接收财或胜利财的人。他们巧取豪夺得到财富，得来的快，花去的也就快。这些人虽然原来未必都是贫儿，暴富却是事实。时势老在动荡，物价老在上涨，傥来的财富若是不去运用或花销，转眼就会两手空空儿的！所谓运用，大概又趋向投机一路；这条路是动荡的，担风险的。在动荡中要把握现在，自己不吃亏，就只有享乐了。享乐无非是吃喝嫖赌，加上穿好衣服，住好房子。传统的享乐方式不够阔的，加上些买办文化，洋味儿越多越好，反正有的是钱。这中间自然有不少人享乐一番之后，依旧还我贫儿面目，再吃苦头。但是也有少数豪门，凭借特殊的权位，浑水里摸鱼，越来越富，越花越有。财富集中在他们手里，享乐也集中在他们手里。于是富的富到三十三天之上，贫的贫到十八层地狱之下。现在的穷富悬殊是史无前例的；现在的享用娱乐也是史无前例的。但是大多数在饥饿线上挣扎的人能以眼睁睁白供养着这班骄奢淫逸的人尽情的自在的享乐吗？有朝一日——唉，让他们且顾眼前罢！

第二类是苟安旦夕的人。这些人未尝不想工作，未尝不想做些事业，可是物质环境如此艰难，社会又如此不安定，谁都贪图近便，贪图速成，他们也就见风使舵，凡事一混了之。“混事”本是一句老话，也可以说是固有文化；不过向来多半带着自谦的意味，并不以为“混”是好事，可以了此一生。但是目下这个“混”似乎成为原则了。

困难太多，办不了，办不通，只好马马虎虎，能推就推，不能推就拖，不能拖就来个偷工减料，只要门面敷衍得过就成，管它好坏，管它久长不久长，不好不要紧，只要自己不吃亏！从前似乎只有年纪老资格老的人这么混。现在却连许多青年人也一道同风起来。这种不择手段，只顾眼前，已成风气。谁也说不准明天的事儿，只要今天过去就得了，何必认真！认真又有什么用！只有一些书呆子和准书呆子还在他们自己的岗位上死气白赖的规规矩矩的工作。但是战讯接着战讯，越来越艰难，越来越不安定，混的人越来越多，靠这一些书呆子和准书呆子能够撑得住吗？大家老是这么混着混着，有朝一日垮台完事。蝼蚁尚且贪生，且顾眼前，苟且偷生，这心情是可以了解的；然而能有多长久呢？只顾眼前的人是不想到这个的。

第三类是穷困无告的人。这些人在饥饿线上挣扎着，他们只能顾到眼前的衣食住，再不能够顾到别的；他们甚至连眼前的衣食住都顾不周全，哪有工夫想别的呢？这类人原是历来就有的，正和前两类人也是历来就有的一样，但是数量加速的增大，却是可忧的也可怕的。这类人跟第一类人恰好是两极端，第一类人增大的是财富的数量，这一类人增大的是人员的数量——第二类人也是如此。这种分别增大的数量也许终于会使历史变质的罢？历史上主持国家社会长久之计或百年大计的原只是少数人；可是在比较安定的时代，大部分人都还能够有个打算，为了自己的家或自己。有两句古语说，“**一年之计在于春**，一日之计在于晨”，这大概是给农民说的。无论是怎样的穷打算，苦打算，能有个打算，总比不能有打算心里舒服些。现在确是到了人怂没法打算的时候；“一日之计”还可以有，但是显然和从前的“一日之计”不同了，因为“今日不知明日事”，这“一日”恐怕真得限于一了。在这种局面下“百年大计”自然更谈不上。不过那些豪门还是能够有他们的打算的，他们不但能够打算自己一辈子，并且可以打算到子孙。因为即使大变来了，他们还可以溜到海外做寓公去。这班人自然是满意现状的。第二类人虽然不满现状，却也害怕破坏和改变，因为他们觉着那时候更无把握。第三类人不用说是不满现状的。然而除了一部分流浪型外，大概都信天任命，愿意付出大的代价取得那即使只有丝毫的安定；他们也害怕破坏和改变。因此“且顾眼前”就成了风气，有的豪夺着，有的鬼混着，有的空等着。然而还有一类顾眼前而又不顾眼前的人。

一年之计在于春

我们向来有“及时行乐”一句话，但是陶渊明《杂诗》说，

“及时当勉励，岁月不待人”，同是教人“及时”，态度却大不一样。“及时”也就是把握现在；“行乐”要把握现在，努力也得把握现在。陶渊明指的是个人的努力，目下急需的是大家的努力。在没有什么大变的时代，所谓“百世可知”，领导者努力的可以说是“百年大计”；但是在这个动乱的时代，“百年”是太模糊太空洞了，为了大家，至多也只能几年几年的计划着，才能够踏实的努力前去。这也是“及时”，把握现在，说是另一意义的“且顾眼前”也未尝不可；“且顾眼前”本是救急，目下需要的正是救急，不过不是各人自顾自的救急，更不是从救急转到行乐上罢了。不过目下的中国，连几年计划也谈不上。于是有些人，特别是青年一代，就先从一般的把握现在下手。这就是努力认识现在，暴露现在，批评现在，抗议现在。他们在试验，难免有错误的地方。而在前三类人看来，他们的努力却难免向着那可怕的可忧的破坏与改变的路上去，那是不顾眼前的！但是，这只是站在自顾自的立场上说话，若是顾到大家，这些人倒是真正能够顾到眼前的人。

“失掉了悲哀”的悲哀

/
梁遇春

那是三年前的春天，我正在上海一个公园里散步，忽然听到有个很熟的声音向我招呼。我看见一位神采飘逸的青年站在我的面前，微笑着叫我的名字问道：“你记得青吗？”我真不认得他就是我从前大学预科时候的好友，因为我绝不会想到过了十年青还是这么年轻样子，时间对于他会这样地不留痕迹。在这十年里我同他一面也没有会过，起先通过几封信，后来各人有各人的生活，彼此的环境又不能十分互相明了，来往的信里渐渐多谈时局天气，少说别话了，我那几句无谓的牢骚，接连写了几遍，自己觉得太无谓，不好意思再重复，却又找不出别的新鲜话来，因此信一天一天地稀少，以至于完全断绝音问已经有七年了。青的眼睛还是那么不停地动着，他颊上依旧泛着红霞，他脸上毫无风霜的颜色，还脱不了从前那种没有成熟的小孩神气。有一点却是新添的，他那渺茫的微笑是从前所没有的，而且是故意装出放在面上的，我对着这个微笑感到一些不快。

“青，”我说，“真奇怪！我们别离时候，你才十八岁，由十八到二十八，那是人们老得最快的时期，因为那是他由黄金的幻梦觉醒起来，碰到倔强的现实的时期。你却是丝毫没有受环境的影响，还是这样充满着青春的光荣，同十年前的你真是一点差别也找不出。我想这十年里你过的日子一定是很快乐的。对不对？”他对着我还是保持着那渺茫的微笑，过了一会，漠然地问我道：“你这几年怎么样呢？”我叹口气道：“别说了。许多的志愿，无数的心期全在这几年里消磨尽了。为着要维持生活，延长生命，整天忙着，因此却反失掉了生命的意义，多少想干的事情始终不能实行，有时自己想到这种无聊赖的生活，这样暗送去绝好的时光，心里的确万分难过。我这几年里接二连三遇到不幸的事情，我是已经挣扎得累了。我近来的生活真是满布着悲剧的情绪。”青忽然兴奋地插着说：“一个人能够有悲剧的情绪，感到各种的悲哀，他就不能够算做一个可怜人了。”他正要往下说，眼皮稍稍一抬，迟疑样子，就停住不讲，又鼓着嘴唇现出笑容了。青从前是最直爽痛快不过的人，尤其和我，是什么话都谈的，我们常常谈到天亮，有时稍稍一睡，第二天课也不上，又唧唧哝哝谈起来。谈的是什么，现在也记不清了，哪个人能够记得他睡在母亲怀中时节所做的甜梦。所以我当时很不高兴他这吞吞吐吐的神情，我说：“青，十年里你到底学会些世故，所以对着我也是柳暗花明地只说半截话。小孩子的确有些长进。”青平常是最性急的人，现在对于我这句激他的话，却毫不在怀地一句不答，仿佛渺茫地一笑之后就完事了。过了好久，他慢腾腾地说道：“讲些给你听听玩，也不要紧，不讲固然也是可以的。我们分手后，我不是转到南方大学去吗？大

肆　倾听生命的允诺

学毕业后，我同人们一样，做些事情，吃吃饭，我过去的生活是很普通的，用不着细说。实在讲起来，哪个人生活不是很普通的呢？人们总是有时狂笑，有时流些清泪，有时得意，有时失望，此外无非工作，娱乐，有家眷的回家看看小孩，独自的空时找朋友谈天。此外今天喜欢这个，明日或者还喜欢他，或者高兴别人，今年有一两人爱我们，明年他们也许仍然爱我们，也许爱了别人，或者他们死了，那就是不能再爱谁，再受谁的爱了。一代一代递演下去，当时自己都觉得是宇宙的中心，后来他忘却了宇宙，宇宙也忘却他了。人们生活脱不了这些东西，在这些东西以外也没有别的什么。这些东西的纷纭错杂就演出喜剧同悲剧，给人们快乐同悲哀。但是不幸得很（或者是侥幸得很），我是个对于喜剧同悲剧全失掉了感觉性的人。这并不是因为我麻木不仁了，不，我懂得人们一切的快乐同悲哀，但是我自己却失掉了快乐，也失掉了悲哀，因为我是个失掉了价值观念的人，人们一定要对于人生有个肯定以后，才能够有悲欢哀乐。不觉得活着有什么好处的人，死对于他当然不是件哀伤的事；若使他对于死也没有什么爱慕，那么死也不是什么赏心的乐事，一个人活在世上总须有些目的，然后生活才会有趣味，或者是甜味，或者是苦味；他的目的是终身的志愿也好，是目前的享福也好，所谓高尚的或者所谓卑下的，总之他无论如何，他非是有些希冀，他的生活是不能够有什么色彩的。人们的目的是靠人们的价值观念而定的。倘若他看不出什么是好，什么是坏，他什么肯定也不能够说了，他当然不能够有任何目的，任何希冀了。”

他说到这里，向我凄然冷笑一声，我忽然觉得他那笑是有些像我理想中恶鬼的狞笑。他又接着说：“你记得吗？当我们在大学预科时候，有一天晚上你在一本文学批评书上面碰到一句 Spenser[①] 的诗——

He could not rest but did his stout heart eat[②].

“你不晓得怎么解释，跑来问我什么叫做 to eat one's heart，我当时模糊地答道，就是吃自己的心。现在我可能告诉你什么叫做‘吃自己的心’了。把自己心里各种爱好和厌恶的情感，一个一个用理智去怀疑，将无数的价值观念，一条一条打破，这就等于把自己的心一口一口地咬烂嚼化，等到最后对于这个当刽子手的理智也起怀疑，那就是他整个心吃完了的时候，剩下来的只是一个玲珑的空洞。他的心既然吃进去，变作大便同小便，他怎地能够感到人世的喜怒同哀乐呢？这就是 to eat one's heart。把自己心吃进去和心死是不同的。心死了，心还在胸内，不过不动就是了，然而人们还会觉得有重压在身内，所以一切穷凶极恶的人对于生

① Spenser：埃德蒙·斯宾塞（Edmund Spenser，1552—1599），英国文艺复兴时期的伟大诗人。——编者注

② 英文，大意为：他不能安息，但他勇敢的心被吃着。——编者注

活还是有苦乐的反应。只有那班吃自己心的人是失掉了悲哀的。我听说悲哀是最可爱的东西，只有对于生活有极强烈的胃口的人才会坠涕泣血，一滴滴的眼泪都是人生的甘露。若使生活不是可留恋的，值得我们一顾的，我们也用不着这么哀悼生活的失败了。所以在悲哀时候，我们暗暗地是赞美生活；惋惜生活，就是肯定生活的价值。有人说人生是梦，莎士比亚说**世界是个舞台，人生像一幕戏**。但是梦同戏都是人生中的一部分；他们只在人生中去寻一种东西来象征人生，可见他们对于人生是多么感到趣味，无法跳出圈外，在人生以外，找一个东西来做比喻，所以他们都是

世界是个舞台，人生像一幕戏

肯定人生的人。我却是不知道应该去肯定或者去否定，也不知道世界里有什么‘应该’没有。我怀疑一切价值的存在，我又不敢说价值观念绝对是错的。总之我失掉了一切行动的指南针，我当然忘记了什么叫做希望，我不会有遂意的事，也不会有失意的事，我早已没有主意了。所以我总是这么年青，我的心已经同我躯壳脱离关系，不至于来捣乱了。我失掉我的心，可是没有地方去找，因为是自己吃进去的。我记得在四年前我才把我的心吃得干净，开始吃的时候很可口，去掉一个价值观念，觉得人轻一点，后来心一部一部蚕食去，胸里常觉空虚的难受，但是胃口又一天一天增强，吃得越快，弄得全吃掉了，最后一口是顶有味的。莎士比亚不是说过：Last taste is the sweetest[①].现在却没有心吃了。哈！哈！哈！哈！”

他简直放下那渺茫微笑的面具，老实地狰狞笑着。他的脸色青白，他的目光发亮。我脸上现出惊慌的颜色，他看见了立刻镇静下去，低声地说：“王尔德在他那《牢狱歌》里说过：‘从来没有流泪的人现在流泪了。’我却是从来爱流泪的人现在不流泪了。你还是好好保存你的悲哀，常常洒些愉快的泪，我实在不愿意你也像我这样失掉了悲哀，狼吞虎咽地把自己的心吃得精光。哈！哈！我们今天会到很好，我能够明白地回答你十年前的一个英文疑句。我们吃饭去罢！”

---

① 英文，大意为：最后一口是顶有味的。——编者注

我们同到一个馆子，我似醉如痴地吃了一顿饭，青是不大说话，只讲几句很无聊的套语。我们走出馆子时候，他给我他旅馆的地址。我整夜没有睡好，第二天清早就去找他，可是旅馆里账房说并没有这么一个人。我以为他或者用的不是真姓名，我偷偷地到各间房间门口看一看，也找不出他的影子，我坐在旅馆门口等了整天，注视来往的客人，也没有见到青。我怅惘地慢步回家，从此以后就没有再遇到青了。他还是那么年青吗？我常有这么一个疑问。我有时想，他或者是不会死的，老是活着，狞笑地活着，渺茫微笑地活着。

伍 你知否我无言的忧衷

假如我的眼泪真凝成一粒一粒珍珠，到如今我已替你缀织成绕你玉颈的围巾。假如我的相思真化作一颗一颗的红豆，到如今我已替你堆集永久勿忘的爱心。哀愁深埋在我心头。

——石评梅

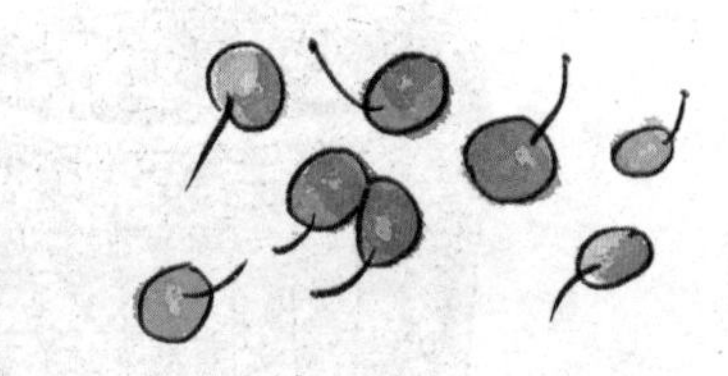

无题（因为没有故事）

/
老舍

人是为明天活着的，因为记忆中有朝阳晓露；假若过去的早晨都似地狱那么黑暗丑恶，盼明天干吗呢？是的，记忆中也有痛苦危险，可是希望会把过去的恐怖裹上一层糖衣，像看着一出悲剧似的，苦中有些甜美。无论怎说吧，过去的一切都不可移动；实在，所以可靠；明天的渺茫全仗昨天的实在撑持着，新梦是旧事的拆洗缝补。

对了，我记得她的眼。她死了好多年了，她的眼还活着，在我的心里。这对眼睛替我看守着爱情。当我忙得忘了许多事，甚至于忘了她，这两只眼会忽然在一朵云中，或一汪水里，或一瓣花上，或一线光中，轻轻的一闪，像归燕的翅儿，只须一闪，我便感到无限的春光。我立刻就回到那梦境中，哪一件小事都凄凉，甜美，如同独自在春月下踏着落花。

这双眼所引起的一点爱火，只是极纯的一个小火苗，像心中的一点晚霞，晚霞的结晶。它可以烧明了流水远山，照明了春花秋叶，给海浪一些金光，可是它恰好的也能在我心中，照明了我的泪珠。

它们只有两个神情：一个是凝视，极短极快，可是千真万确的是凝视。只微微的一看，就看到我的灵魂，把一切都无声的告诉了给我。凝视，一点也不错，我知道她只须极短极快的一看，看的动作过去了，极快的过去了，可是，她心里看着我呢，不定看多么久呢；我到底得管这叫作凝视，不论它是多么快，多么短。一切的诗文都用不着，这一眼道尽了“爱”所会说的与所会做的。另一个是眼珠横着一移动，由微笑移动到微笑里去，在处女的尊严中笑出一点点被爱逗出的轻佻，由热情中笑出一点点无法抑止的高兴。

我没和她说过一句话，没握过一次手，见面连点头都不点。可是我的一切，她知道；她的一切，我知道。我们用不着看彼此的服装，用不着打听彼此的身世，我们一眼看到一粒珍珠，藏在彼此的心里；这一点点便是我们的一切，那些七零八碎的东西都是配搭，都无须注意。看我一眼，她低着头轻快的走过去，把一点微笑留在她身后的空气中，像太阳落后还留下一些明霞。

我们彼此躲避着，同时彼此愿马上搂抱在一处。我们轻轻的哀叹；忽然遇见了，那么凝视一下，登时欢喜起来，身上像减了分量，每一步都走得轻快有力，像要跳起来的样子。

我们极愿意说一句话，可是我们很怕交谈，说什么呢？哪一个日常的俗字能道出我们的心事呢？让我们不开口，永不开口吧！我们的对视与微笑是永生的，是完全的，其余的一切都是破碎微弱，不值得一做的。

我们分离有许多年了，**她还是那么秀美，那么多情**，在我的心里。她将永远不老，永远只向我一个人微笑。在我的梦中，我常常看见她，一个甜美的梦是最真实，是纯洁，最完美的。多少多少人生中的小困苦小折磨使我丧气，使我轻看生命。可是，那个微笑与眼神忽然的从哪儿飞来，我想起唯有“人面桃花相映红”差可托拟的一点心情与境界，我忘了困苦，我不再丧气，我恢复了青春；无疑的，我在她的洁白的梦中，必定还是个美少年呀。

她还是那么秀美，那么多情

春在燕的翅上，把春光颤得更明了一些，同样，我的青春在她的眼里，永远使我的血温暖，像土中的一颗子粒，永远想发出一个小小的绿芽。一粒小豆那么小的一点爱情，眼珠一移，嘴唇一动，日月都没有了作用，到无论什么时候，我们总是一对刚开开的春花。

不要再说什么，不要再说什么！我的烦恼也是香甜的呀，因为她那么看过我！

将离

/

叶圣陶

跨下电车，便是一阵细且柔的密雨。旋转的风把雨吹着，尽向我身上卷上来。电灯光特别昏暗，火车站的黑影兀立在深灰色的空中。那边一行街树，枝条像头发似的飘散舞动，萧萧作响。我突然想起：难道特地要叫我难堪，故意先期做起秋容来么！便觉得全身陷在凄怆之中，刚才喝下去的一斤酒在胃里也不大安分起来了。

这是我的揣想：**天日晴朗的离别胜于风凄雨惨的离别**，朝晨午昼的离别胜于傍晚黄昏的离别。虽然一回离别不能二者并试以作比较，虽然这一回的离别还没有来到，我总相信我的揣想是大致不谬的。然而到福州去的轮船照例是十二点光景开的，黄昏的离别是注定的了。像这样入秋渐深，像这样时候吹一阵风洒一阵雨，又安知六天之后的那一夜，不更是风凄雨惨的离别呢？

一件东西也不要动：散乱的书册，零星的原稿纸，积着墨汁的水盂，歪斜地摆着的砚台……一切保持原来的位置。一点儿变更也不让有：早上六点起身，吃了早饭，写了一些字，准时到办事的地方去，到晚回家，随便谈话，与小孩胡闹……一切都是平淡的生活。全然没有离别的气氛，还有什么东西会迫紧来？好像没有快要到来的这回事了。

天日晴朗的离别胜于风凄雨惨的离别

记得上年平伯去国，我们一同在一家旅馆里，明知不到一小时，离别的利刃就要把我们分割开来了。于是一启口一举手都觉得有无形的线把我牵着，又似乎把我浑身捆紧；胸口也闷闷的不大好受。我竭力想摆脱，故意做出没有什么的样子，靠在椅背上，举起杯子喝口茶，又东一句西一句地谈着。然而没有用，只觉得十分勉强，只觉得被牵被捆被压得越紧罢了。我于是想：离别的气氛既已凝集，再也别想冲决它，它是非把我们拆开来不可的。

现在我只是不让这气氛凝集，希望免受被牵被捆被压的种种纠缠。我又这么痴想，到离去的一刻，最好恰在沉酣的睡眠里，既泯能想，自无所想。虽然觉醒之后，已经是大海孤轮中的独客，不免引起深深的惆怅；但是最难堪的一关已经闯过，情形便自不同了。

然而这气氛终于会凝集拢来。走进家里，看见才洗而缝好的被袱，衫袴长袍之类也一叠叠地堆在桌子上。这不用问，是我旅程中的同伴了。“偏要这么多事，事已定了，为什么不早点儿收拾好！”我略微烦躁地想。但是必须带走既属事实，随时预备尤见从容，我何忍说出责备的话呢——实在也不该责备，只该感激。

然而我触着这气氛了，而且嗅着它的味道了，与上年在旅馆里感到的正是同一的种类，不过还没有这样浓密而已。我知道它将要渐渐地浓密，犹如西湖上晚来的烟雾；直到最后，它具有一种强大的力量，便会把我一挤：我于是不自主地离开这里了。

我依然谈话，写字，吃东西，躺在藤椅上；但是都有点儿异样，有点儿不自然。

夜来有梦，梦在车站月台旁。霎时火车已到，我急忙把行李提上去，身子也就登上，火车便疾驰而去了。似乎还有些东西遗留在月台那边，正在检点，就想到遗留的并不是东西，是几个人。很奇怪，我竟不曾向他们说一声“别了”，竟不曾伸出手来给他们；不仅如此，登上火车的时候简直把他们忘了。于是深深地悔恨，怎么能不说一声，握一握手呢！假若说了，握了，究竟是个完满的离别，多少是好。“让我回头去补了吧！让我回头去补了吧！”但是火车不睬我，它喘着气只是向前奔。

这梦里的登程，全忘了月台上的几个人，与我痴心盼望的酣睡时离去，情形正相仿佛。现在梦里的经验告诉我，这只有勾引些悔恨，并不见得比较好些。那么，我又何必作这种痴想呢？然而清醒地说一声握一握的离别，究竟何尝是好受的！

“信要写得勤，要写得详；虽然一班轮船动辄要隔三五天，而厚厚的一叠信笺从封套里抽出来，总是独客的欣悦与安慰。”

“未必能够写得怎样勤怎样详吧。久已不干这勾当了；大的小的粗的细的种种事情箭一般地射到身上来，逐一对付已经够受了，知道还有多少坐定下来执笔的工夫与精神！”

离别的滋味假若是酸的，这里又搀入一些苦辛的味道了。

曼青姑娘

/
缪崇群

曼青姑娘，现在大约已经做了人家的贤妻良母；不然，也许还在那烟花般的世界里度着她的生涯。

在亲爱的丈夫的怀抱里，娇儿女的面前，她不会想到那云烟般的往事了，在迎欢，卖笑，妩媚人的当儿，一定的，她更不会想到这芸芸的众生里，还有我这么一个人存在着，并且，有时还忆起她所不能回忆得到的——那些消灭了的幻景。

现在想起来，在灯下坐着高板凳，一句一句热心地教她读书的是我；在白墙上写黑字，黑墙上写白字骂她的也是我；一度一度地，在激情下切恨她的是我；一度一度地，当着冷静、理智罩在心底的时刻，怜悯她、同情她的又是我……

她是我们早年的一个邻居，她们的家，简单极了，两间屋子，便装满了她们所有的一切。同她住在一起的是她的母亲；听说丈夫是有的，他在很远很远的地方做着官吏。

每天，她不做衣，她也不缝衣。她的眉毛好像生着为发愁来的，终日地总是蹙在一起。旁人看见她这种样子，都暗暗的说曼青姑娘太寂寥了。

作邻居不久，我们便很熟悉了。不知是怎么一种念头，她想认字读书了，于是就请我当作她的先生。我那时一点也没有推辞，而且很勇敢地应允了；虽然那时我还是一个高小没有毕业的学生。

“人，手，足，刀，尺。”我用食指一个一个地指。

“人，手，足，刀，尺。”**她小心翼翼地点着头儿读**。

她小心翼翼地点着头儿读

我们没有假期，每天我这位热心的先生，总是高高地坐在凳上，舌敝唇焦地教她。不到一个月的功夫，差不多就教完“初等国文教科书”第一册了。

换到第二册，我又给她添了讲解，她似乎听得更津津有味地起来。

“园中花，朵朵红。我呼姊姊，快来看花。”…………

“懂了么？”

“嗯——”

“真懂了么？不懂的要问，我还可以替你再讲的。”

“那——”

“那么明天我问！”我说的时候很郑重，心里却很高兴。我好像真个是一个先生了；而且能够摆出了一点先生的架子似的。

然而，这位先生终于是一个孩子，有时因为一点小事便恼怒了。在白墙上用炭写了许多“郭曼青，郭曼青……”；在黑墙上又用粉笔写了许多“郭曼青，郭曼青……”。罢教三日，这是常有的事。到了恢复的时候，她每每不高兴地咕噜着！

“你尽写我的名字。”

现在想起来也真好笑，要不是我教会了她的名字，她怎么会知道我写的是她的名字呢？

几个月的成绩如何，我并没有实际考察过，但最低的限度，她已经是一个能够认识她自己名字的人。

哥哥病的时候，她们早已迁到旁的地方去了，哥哥死后，母亲倒有一次提过曼青姑娘的事，那时我还不很懂呢。母亲说：

“郭家的姑娘不是一个好人。有一次你哥哥从学校回来，已经夜了，是她出去开的门，她捏你哥哥的手……”

“哥哥呢？”

“没有睬她。”

我想起哥哥在的时候，他每逢遇着曼青姑娘，总是和蔼地笑，也不为礼。曼青姑娘呢，报之以笑，但笑过后便把头低下去了。

曼青姑娘的模样，我到现在还是记得清清楚楚的，她的眼睛并不很大，可是眯眯地最媚人；她的身材不很高，可是确有袅娜的风姿。在我记忆中的女人，大约曼青姑娘是最美丽的了。同时，她母亲的模样，在我脑中也铭刻着最深的印象；我从来没有见过那样神秘，鬼蜮难看的女人。的确地，她真仿佛我从故事里听来的巫婆一样；她或者真是一个人间的典型的巫婆也未可知。

她们虽然离开我们了，而曼青姑娘的母亲，还是不断地来找我们。逢到母亲忧郁的时候，她也装成一副带愁的面孔陪着，母亲提起了我的哥哥，她也便说起我的哥哥。

“真是怪可惜的，那么一个聪明秀气，那么一个温和谦雅的人……我和姑娘；谁不夸他好呢？偏偏不长寿……”

母亲如果提到曼青姑娘，她于是又说起了她。

“姑娘也是一个命苦的人，这些日子尽阴自哭了，问她为什么，她也不肯说。汤先生——那个在这地做官的——还是春天来过一封信，寄了几十块钱，说夏天要把姑娘接回南……可是直到现在，也没有见他的影子。”

说完了是长吁短叹，好像人世难过似的。

她每次来，都要带着一两个大小的包袱，当她临走的时候，才从容，似乎顺便地说：

“这是半匹最好的华丝葛，只卖十块钱；这是半打丝袜子，只卖五块……这些东西要在店里买去，双倍的价钱恐怕也买不来的。留下一点罢，我是替旁人弄钱，如果要，还可以再少一点的，因为都不是外人……”

母亲被她这种花言巧语蛊惑着，上当恐怕不只一次了。后来渐渐窥破了她的伎俩，便不再买她的东西了。母亲也发现了她同时是一个可怕的巫婆么？我不知道。

我到了哥哥那样年龄，我也住到学校的宿舍里去。每逢回家听见母亲提到曼青姑娘的事，已不似以前那样的茫然。后来我又曾听说过，我们的米，我们的煤，我们的钱，都时常被父亲遣人送到曼青姑娘家里去，也许罢，人家要说这是济人之急的，但我对于这种博大的同情，分外的施与，总是禁不住地怀疑。

啊，我想起来了，那丝袜的来源，那绸缎的赠送者了……那是不是一群愚笨可笑的呆子呢？

美女的笑，给你，也会给他，给了一切的人。巫婆的计，售你，也会售他，售了一切的人。

曼青姑娘是一个桃花般的女子，她的颜色，恐怕都是吸来了无数人们的血液化成的。

在激情下我切齿恨她了；同时我也切齿恨了所有人类的那种丑恶的根性！

曼青姑娘，听说后来又几度地嫁过男人，最后，终于被她母亲卖到娼家去了。

究竟摆脱不过的是人类的丑恶的根性，还是敌不过那巫婆的诡计呢？我有时一想到郭家的事，便这样被没有答案的忿恨而哽怅着。

然而，很凑巧地，后来我又听人说到曼青姑娘了；说她是从幼抱来的，她所唤的母亲，并不是生她的母亲，而是一个世间的巫婆。

伍　你知否我无言的忧衷

在冷静独思的当儿，理智罩在我心底的时刻，我又不得不替曼青姑娘这样想了：她的言笑，她的举止，她的一切，恐怕那都是鞭笞下的产物；她的肉体和灵魂，长期被人蹂躏而玩弄着；她的青春没有一朵花，只换来了几个金钱，装在那个巫婆的口袋里罢了……

在这广大而扰攘的世间，她才是一个最可怜而且孤独的人。怜悯她的，同情她的固然没有，就是知道她的人，恐怕也没有几个罢。

送别

/

孙福熙

忽然听到一阵杂扰的声音，大家都赶到船边去看，见岸上一大群水手，正在撤去船上的梯子，船与岸两者间所借以交通者只有两个梯子，正在撤去的就是二者之一，也就是我到船上来时所走的。看了这梯子的撤去，我深幸尚有一个梯子与岸上相通，我与法国土地还没有完全脱离关系，如最后的握别时的手之尚未释放，两方的感情各得从这梯子里阵阵的往还传达；然而也因此觉悟我已在法国土地以外的水上了！

天空青绿，橘红而微微带紫的云片，缓缓的在这天底下移过，不绝的过去，然而也不绝的继他们而飞来。各轮船的烟囱中吐出微薄的煤气与水气，也因受太阳光的感应，呈淡红与淡紫色，腾为云霞，有的飞散而沉下来，结成极薄的幕，笼罩四周水面。在船上，少妇们急忙而且四顾的走过，不久又走回来，想来在寻人，有的手中一大束的紫罗兰，是来赠人的，或者是别人赠他的。可怜，岸上的老太太，小孩子，以及各种人提高声音与船上的人说话，这旅客们在栏杆外俯下来回答他们，看一眼又侧过耳朵倾听他们说什么。

伍　你知否我无言的忧衷

汽笛响了！我看表还只有三点五十八分，依照所宣布的，应该到四点钟才开船哩。不过我也不想争这两分钟了，以后很长的也要忍受哩。

这时候我觉得似乎有什么事情遗忘的样子，然而想不起来。忘记买什么东西吗？我都照预开的单子买了的；忘记对人告别吗？然而对谁呢？仔细的记忆呀，究竟还有什么事情没有做！

还记什么呢！岸上人丛中的手帕飞动了；**离人的心跟了动摇起来，船也已离岸移动过去了**。

岸上的乐队是一个竖琴一个手拉琴与两个提琴组成的，此时演奏起来，随海风而抑扬断续，这样的种种都是使别离的感觉深重起来的。船上的将军远行者掷钱岸上，倘若只以物质的观点立论，则他们是在酬劳乐师们，与走过街上时见奏乐的乞丐而掷钱是一样的；但我觉得在这情景中，心情上想必有些不同了：专为送旅客而奏乐，已觉较为亲切的了；况且，此后将要长久不能听到这乐师们的音乐，这是为大家所想到的；而且，旅行者借轻视金钱以显其对于离别之情，如进香者之乐与布施一样。又，他们欲表示除投掷眼光以外还有能力将别的东西投到岸上去而与岸上的人发生关系，这或者为少数人所想到或不想到而自然的有这种反应的。在乐师们原是一件投机事业，而且，想来，他们原是街上求乞者流，但，倘若他们的动机是重在送行而不专在于获利，则这个工作也算得一件新发明，未尝无补于人类文明。只要一切乐师不闻风兴起与他们夺生意就好了。

离人的心跟了动摇起来，船也已离岸移动过去了

船与岸中间的一条水渐渐的阔起来；平静的水也荡漾了，而且在离别者无语的静寂中激动有声。汽笛又接连的叫着，最可恨的，这只船的汽笛的声音的不响亮，给人以呜咽的感觉。

我不顾一切，第一，自然为了不知什么时候能够再见，所以格外注意的看几眼，想有一个较深刻的印象，使将来追忆时易于描画形容；其次，我不肯轻意放过别离时所特有的景象的丝毫，而且乐意观察似乎非此不足以发泄别离时难忍的感觉。然而同时也很畏惧，怕看出太易激动的景物。我在这两种心情中犹豫。

红日均等的照临船上与岸上的离人，真的，此时两者间的关

系只有这一点了。然而他一秒钟不留的向海面沉下去！送行者沿了码头跟着船前行；因为当初欲与船上的人说话便利些而立在船埠的楼上者，也沿栏杆进行，走到尽头，急步下楼梯，在码头上再走，然而终于走到尽头了。

拉提琴者的右手还在牵动，但船上的人已不闻岸上的无论什么声音了，忽然一个兵提起嗓子说“明天见！”这是此时船上惟一的声音，使大家发笑，打破一船的沉寂。然而，面上虽浮出笑影，心中却浮出凄楚。远远的人丛中的手帕还在烟雾朦胧中摇动，我虽没有认识这人群中之一，但我相信他们是欲送我者的代表——

其实他们何尝不就是送我者。我想留意他们如何的消失，然而我尽管保留他们送行的印象。这是没有度量衡的标准可以定其有无的；我预料船行列上海时，我必还如现在的看见摇动手帕的人群。

太阳已经西沉了，海面上不复见水波上的返照，曾夫人以画家的眼光称为一班忽明一班忽灭的灯火的。小山一带，延伸海中，为马赛伸手扬巾。我还想看一切的究竟，然而阔面的海风紧急，我压一压帽，拉一拉领，终于抵抗不住，在寒冷与寂寞的瑟缩中我只得懒懒的走下舱中了。

墓畔哀歌

/
石评梅

一

我由冬的残梦里惊醒，春正吻着我的睡靥低吟！晨曦照上了窗纱，望见往日令我醺醉的朝霞，我想让丹彩的云流，再认认我当年的颜色。

披上那件绣着蛱蝶的衣裳，姗姗地走到尘网封锁的妆台旁。呵！明镜里照见我憔悴的枯颜，像一朵颤动在风雨中苍白凋零的梨花。

我爱，我原想追回那美丽的皎容，祭献在你碧草如茵的墓旁，谁知道青春的残蕾已和你一同殉葬。

二

假如我的眼泪真凝成一粒一粒珍珠，到如今我已替你缀织成绕你玉颈的围巾。

假如我的相思真化作一颗一颗的红豆，到如今我已替你堆集永久勿忘的爱心。

哀愁深埋在我心头。

我愿燃烧我的肉身化成灰烬，我愿放浪我的热情怒涛汹涌，天呵！这蛇似的蜿蜒，蚕似的缠绵，就这样悄悄地偷去了我生命的青焰。

我爱，我吻遍了你墓头青草在日落黄昏；我祷告，就是空幻的梦吧，也让我再见见你的英魂。

三

明知道人生的尽头便是死的故乡，我将来也是一座孤冢，衰草斜阳。有一天呵！我离开繁华的人寰，悄悄入葬，这悲艳的爱情一样是烟消云散，昙花一现，梦醒后飞落在心头的都是些残泪点点。

然而我不能把记忆毁灭，把埋我心墟上的残骸抛却，只求我能永久徘徊在这垒垒荒冢之间，为了看守你的墓茔，祭献那茉莉花环。

我爱，你知否我无言的忧衷，怀想着往日轻盈之梦。梦中我低低唤着你小名，醒来只是深夜长空有孤雁哀鸣！

四

黯淡的天幕下，没有明月也无星光，这宇宙像数千年的古墓；皑皑白骨上，飞动闪映着惨绿的磷花。我匍匐哀泣于此残锈的铁栏之旁，愿烘我愤怒的心火，烧毁这黑暗丑恶的地狱之网。

命运的魔鬼有意捉弄我弱小的灵魂，罚我在冰雪寒天中，寻觅那凋零了的碎梦。求上帝饶恕我，不要再惨害我这仅有的生命，剩得此残躯在，容我杀死那狞恶的敌人！

我爱，纵然宇宙变成烬余的战场，野烟都腥：在你给我的甜梦里，我心长系驻于虹桥之中，赞美永生！

五

我整天踯躅于垒垒荒冢，看遍了春花秋月不同的风景，抛弃了一切名利虚荣，来到此无人烟的旷野，哀吟缓行。我登了高岭，向云天苍茫的西方招魂，在绚烂的彩霞里，望见了我沉落的希望之陨星。

远处是烟雾冲天的古城，火星似金箭向四方飞游！隐约地听见刀枪搏击之声，那狂热的欢呼令人震惊！在碧草萋萋的墓头，我举起了胜利的金觥，饮吧我爱，我奠祭你静寂无言的孤冢！

星月满天时，我把你遗我的宝剑纤手轻擎，宣誓向长空：愿此生永埋了英雄儿女的热情。

六

假如人生只是虚幻的梦影，那我这些可爱的映影，便是你赠与我的全生命。我常觉你在我身后的树林里，骑着马轻轻地走过去。常觉你停息在我的窗前，徘徊着等我的影消灯熄。常觉你随着我唤你的声音悄悄走近了我，又含泪退到了墙角。常觉你站在我低垂的雪帐外，哀哀地对月光而叹息！

在人海尘途中，偶然逢见个像你的人，我停步凝视后，这颗心呵！便如秋风横扫落叶般冷森凄零！我默思我已经得到爱的之心，如今只是荒草夕阳下，一座静寂无语的孤冢。

我的心是深夜梦里，寒光闪灼的残月，我的情是青碧冷静，永不再流的湖水。残月照着你的墓碑，湖水环绕着你的坟，我爱，这是我的梦，也是你的梦，安息吧，敬爱的灵魂！

七

我自从混迹到尘世间，便忘却了我自己；在你的灵魂中我才知是谁？

记得也是这样夜里。我们在河堤的柳丝中走过来，走过去。我们无语，心海的波浪也只有月儿能领会。你倚在树上望明月沉思，我枕在你胸前听你的呼吸。抬头看见黑翼飞来掩遮住月儿的清光，你抖颤着问我：假如这苍黑的翼是我们的命运时，应该怎样？

我认识了欢乐，也随来了悲哀，接受了你的热情，同时也随来了冷酷的秋风。往日，我怕恶魔的眼睛凶，白牙如利刃；我总是藏伏在你的腋下趑趄不敢进，你一手执宝剑，一手扶着我践踏着荆棘的途径，投奔那如花的前程！

如今，这道上还留着你斑斑血痕，恶魔的眼睛和牙齿再是那样凶狠。但是我爱，你不要怕我孤零，我愿用这一纤细的弱玉腕，建设那如意的梦境。

八

春来了，催开桃蕾又飘到柳梢，这般温柔慵懒的天气真使人恼！她似乎躲在我眼底有意缭绕，一阵阵风翼，吹起了我灵海深处的波涛。

春来了，催开桃蕾又飘到柳梢

这世界已换上了装束，如少女般那样娇娆，她披拖着浅绿的轻纱，蹁跹在她那姹紫嫣红中舞蹈。伫立于白杨下，我心如捣，强睁开模糊的泪眼，细认你墓头，萋萋芳草。

满腔辛酸与谁道？愿此恨吐向青空将天地包。它纠结围绕着我的心，像一堆枯黄的蔓草，我爱，我待你用宝剑来挥扫，我待你用火花来焚烧。

九

垒垒荒冢上，火光熊熊，纸灰缭绕，清明到了。这是碧草绿水的春郊。墓畔有白发老翁，有红颜年少，向这一抔黄土致不尽的怀忆和哀悼，云天苍茫处我将魂招；白杨萧条，暮鸦声声，怕孤魂归路迢迢。

逝去了，欢乐的好梦，不能随墓草而复生，明朝此日，谁知天涯何处寄此身？叹漂泊我已如落花浮萍，且高歌，且痛饮，拼一醉烧熄此心头余情。

我爱，这一杯苦酒细细斟，邀残月与孤星和泪共饮，不管黄昏，不论夜深，醉卧在你墓碑旁，任霜露侵凌吧！我再不醒。

陆 不做长戚戚的小人

以我们在“年寿上是有限制的”“一个小我的人生”，其所作为在人类千万年历史上的事功里，所占地位之微细或犹不及沧海之一粟，只有尽我有涯之生向着无穷尽的路上前进，做多少算多少，有何足以自傲之处？

——邹韬奋

一粒砂

/

李广田

有这么一个传说：

有这么一个人：他作了一世的旅客。他每天都在赶路，他所走的路，就是世界上的路。他很不幸，一开始便穿了一双不合脚的鞋子，这使他走起路来总不能十分如意。而且走了不久，他的鞋里便跳进一粒砂。路既是世上的路，而这世上又遍地是砂土，跳进一粒砂，本也极其平常。可是这以后，他的行程就更其困苦了，那砂子磨他的脚，使他走一步，痛一步，你想，假如鞋子里没有一粒砂，那该是多么愉快呢。不错，这也是一件非常简单的事，只要坐下来，水滨也好，山脚也好，把鞋子脱掉，只一抖，便可抖出那颗磨脚的砂子。然而他不能。他赶路赶得很急，每天都担心日落西山时赶不到个段落。天晚了，他住下来，他疲乏得厉害，还不等脱去鞋子，他已经沉沉地入睡了。而第二日，天未亮他便急忙起程。这样，他就永没有取出那一粒砂的机会。但是，我们也未尝不可以这样想：他即便立志把那粒砂子取出了，或是那粒砂子在一种偶然的情形中竟然自己跳出了，象它曾偶然跳入时一样，但谁又能担保没有第二粒砂子再跳入呢。所以，无可如何，他的脚里总有一粒砂子，而**他每走一步，便痛一步**。年月久了，那痛楚之感也许与日俱减，但每当与明日同时醒来，望着那永久新鲜，永久圆满而又光明的太阳，而自己开始又走上一日之程时，那起初的步伐总也是痛苦的。他就这样走着，走着，一直走到不能再走，走到最后，走到死。他死了，人家把他脱得精光，当然也脱了他的鞋子。人们搜索他的衣袋，衣袋是空的。人们抖擞他的鞋子，一粒砂落在地上，那砂子形体微小，滚圆如珠，落地作金石声。那小小砂子暗然有光，仔细看时，上面隐隐似有纹理。据后来人说，那砂上实在是几个字迹，但年代久远，没有人知道那字迹说些什么。又过了些年载，连那粒砂子也不知去向了，对于那几个无人懂得的字迹也就更觉得关系重大，既不可得，也就弥觉可惜。

他每走一步，便痛一步

这传说并不见于载籍，只不过有人曾经这样说过。可是那曾经向人说这传说的人却还遭了反驳：

“这传说是一个胡说，我不相信有这样的事实。”

那个反驳者这样质问，可是反驳者所得到的却只是沉默。反驳者觉得不够得意，就又进一步反驳：

“傻瓜！一个人放着安闲的日子不享受，为什么要到处乱跑？就是走路，又何必紧赶？象我饭后散散步，水滨林下，随意蹓跶蹓跶，也极合卫生之道。而且，走路就要拣那好路走，为什么要自找麻烦呢。”

这次他所得到的不再只是沉默了，因为他只听到一阵急促的脚步声，不见人影，那个说传说的已经走远了。

所以，我也不希望有任何辩驳，因为我只替那个说传说的再说一遍。

几句实话

/

庐隐

一个终朝在风尘中奔波倦了的人，居然能得到与名山为伍、清波作伴的机会，难道说不是获天之福吗？不错，我是该满意了！——回想起从前在北平充一个小教员，每天起早困晚，吃白粉条害咳嗽还不算，晚上改削那山积般的文卷真够人烦。而今呵，多么幸运！住在山青水秀的西子湖边，推窗可以直窥湖心；风云变化，烟波起伏，都能尽览无余。至于夕阳晚照，渔樵归休，游侣行歌互答，又是怎样美妙的环境呢！

但是冤枉，这两个月以来，我过的，却不是这种生活。最大的原因，湖色山光，填不满我的饥肠辘辘。为了吃饭，我与一支笔杆儿结了不解缘，一时一刻离不开它。如是，自然没有心情、时间去领略自然之美了。——所以我这才明白，吟风弄月，充风流名士，那只有资产阶级配享受，贫寒如我，那只好算了吧，算了吧！

那么，我现在过的又是什么生活呢？——每天早晨起来，好歹吃上两碗白米粥，花生米嚼得喷鼻香，惯会和穷人捣乱的肚子算是有了交代。于是往太师椅上一坐，打开抽屉，东京带回来的漂亮稿纸，还有一大堆，这很够我造谣言发牢骚用的了。于是由那暂充笔筒用的绿瓷花瓶里，请出那三寸小毛锥，开宗明义第一件事，是瞪着眼，东张西望，搜寻一个好题目。——这真有点不易，至少要懂点心理学，才好捉摸到编辑先生的脾味；不然题目不对眼，恼了编辑先生，一声“狗屁”，也许把它扔在字纸篓里换火柴去。好容易找到又新鲜又时髦的题目了，那么写吧。一行，两行，三行，……一直写满了一张稿纸。差不多六百字，这要是运气好，就能换到块把大洋。如是来上十几页，这个月的开销不愁了。想到这里，脸上充满了欣慰之色。但是且慢高兴！昨天刮了一顿西北风，天气骤然冷下来，回头看看床上，只有一床棉被，不够暖。无论如何，要添作一床才过得去。

再说厨房里的老叶，今早来报告：柴快没了；煤只剩了几块；米也该叫了。这一道催命符真凶，立刻把我的文思赶跑了。脑子里塞满了债主自私的刻薄的面像，和一切未来的不幸。……不能写了，放下笔吧！不成，那更是饥荒！勉强的东拉西凑吧。夜深了，头昏眼花，膀子疼，腰杆酸，“唉呀”真不行了，明天再说吧！数数稿纸，只写了四张半，每张六百字，再除去空白，整整还不到两千五百字。棉被还是没着落，窗外的北风，仍然虎吼狼啸，更觉单衾欠暖。然而真困，还是睡下吧。把一件大衣盖在被上，幸喜睡魔光顾得快，倒下头来便梦入黑甜。我正在好睡，忽听扑冬一声，把我惊醒。翻身爬起来一看：原来是小花猫把热水瓶打倒了。这个家伙真可恨，好容易花一块多钱买了一只热水瓶，还

我气哼哼的把小花猫摔了出去

没有用上几天，就被它毁了，真叫做“活该”！**我气哼哼的把小花猫摔了出去**，再躺下睡，这一来可睡不着了。忽见隔床上的他，从睡梦里跳起有半尺高，一连跳了五六下，我连忙叫醒他说：“你梦见什么了，怎么睡梦里跳起来？”他“哎哟”了一声道：“真累死我了！我梦见爬了多少座高高低低的山峰，此刻还觉得一身酸痛！”

“唉！不用说了，你白天翻了多少书？……大概是累狠了？！”他说：“是了。我今天差不多写了五千字吧！”

“明天还是少写点好。”我说。

“不过今天已经十五了，房钱电灯钱都还没有着落，少写行吗？”

我听了这话不能再勉强安慰他了。大半夜，我只是为这些问题盘算，直到天色发白时，我才又睡着了。

八点半了，他把我喊醒。我一睁眼看太阳光已晒在窗子上，我知道时候不早了。连忙起来，胡乱吃了粥，就打算继续写下去，但是当我坐在太师椅上时，我觉得我的头部，比压了一块铅板还重，眼睛发花，耳朵发聋。不写吧，真怕到月底没法交代；写吧，没有灵感不用说，头疼得也真支不住。但是生活的压迫，使我到底屈服了。一手抱着将要暴裂的头，一手不停的写下去。连我自己都不知道我在纸上画的是什么？——“苦闷可以产生好文艺”，在无可如何之时，我便拿它来自慰！来解嘲！

这时他由街上回来，看见我那狼狈相，便说道：“你又头疼了吧，快不要写，去歇歇呀！——我译的小说稿已经寄去了，月底一定可以领到稿费。我想这篇稿子译得不错，大约总可以卖到十五块钱，屉子里还有五块，凑合着也就过去了。”

“唉！只要能凑合着过去，我还愁什么？但是上个月我们寄出去三四万字的稿子，到现在只收回十几块钱，谁晓得月底又是怎样呢？只好多写些，希望还多点，也许可以碰到一两处给钱的就好了！”

他平常是喜说喜笑，这一来也只有皱了一双眉头道：“你本来身体就不好，所以才辞去教员不干，到这里休养。谁想到卖文章度日，竟有这些说不出的压轧的苦楚！早知道这样，打死我也不想充什么诗人艺术家了。……怎么人家菊池宽就那么走红运，住洋房坐汽车，在飞机上打麻雀！……”

“人家是日本人呵！……其实又何止菊池宽，外国的作家比我们舒服的多着呢！所以人家才有歌德有莎士比亚有拜伦有易卜生等等的大艺术家出现。至于我们中国，艺术家就非得同时又充政治家，或教育家等，才能生活。谁要打算把整个的生命献给艺术，那只有等着挨饿吧！在这种怪现象之下，想使中国产生大艺术家，不是作梦吗？唉！吃饭是人生的大问题，——非天才要吃饭，天才也要吃饭，为了吃饭去奋斗，绝大的天才都不免要被埋葬；何况本来只有两三分天才的作家，最后恐怕要变成白痴了……”我像煞有些愤慨似的发着牢骚，同时我的头部更加不舒服起来。他叫我不要乱思胡想，立刻要我去睡觉。我呢，也真支不住了，睡去吧！正在有些昏迷的时候，邮差送信来了。我拆开一看，正是从北平一个朋友寄来的，他说：“听说你近状很窘，还是回来教书吧！文艺家那么容易作？尤其在我们贵国！……”

不错，从今天起，我要烧掉和我缔了盟约的那一支造谣言的毛锥子，规规矩矩去为人之师，混碗饱饭吃，等到那天发了横财，我再来充天才作家吧！正是“放下毛锥，立地得救”。哈哈！善哉！

迟暮的花

/
何其芳

秋天带着落叶的声音来了。早晨像露珠一样新鲜。天空发出柔和的光辉，澄清又缥缈，使人想听见一阵高飞的云雀的歌唱，正如望着碧海想看见一片白帆。夕阳是时间的翅膀，当它飞遁时有一刹那极其绚烂的展开。于是薄暮。于是我忧郁的又平静的享受着许多薄暮在臂椅里，在街上，或者在荒废的园子里。是的，现在我在荒废的园子里的一块石头上坐着，沐浴着蓝色的雾，渐渐的感到了老年的沉重。这是一个没有月色的初夜。没有游人。衰草里也没有蟋蟀的长吟。我有点儿记不清我怎么会走入这样一个境界里了，我的一双枯瘠的手扶在杖上，我的头又斜倚在手背上，仿佛倾听着黑暗，等待着一个不可知的命运在这静寂里出现。右边几步远有一木板桥，桥下的流水早已枯涸。跨过这丧失了声音的小溪是一林垂柳，在这夜的颜色里谁也描不出那一丝丝的绿了，而且我是茫然无所睹的望着它们。我的思想飘散在无边际的水波一样浮动的幽暗里：一种记忆的真实与幻想与梦的糅合；飞着金色的萤火虫的夏夜；清凉的荷香和着浓郁的草与树叶的香气使湖边成了一个寒冷地方的热带；微风从芦苇里吹过；树阴罩得像一把伞，在日光的雨点下遮蔽了惊怯和羞涩……但突然这些都消隐了。我的思想从无边际的幽暗的飘散里聚集起来追问着自己。我到底在想着一些什么呵？记起了一个失去了的往昔的园子吗？还是在替这荒凉的地方虚构出一些过去的繁荣，像一位神话里的人物，用莱玡琴声驱使冥顽的石头自己跳跃起来建筑载比城？不，现在我在想着梅特林克[①]和他对于戏剧的见解。使我们从真真优美而伟大的悲剧里看出它的优美和伟大的不是动作而是言语。那些灵魂与灵魂的对语。或者那些独语。至于动作不过是一种原始的简陋的言语而已，一个男人杀了他的情妇或者一个将军战胜了他的强敌，那种激动和情热虽然是最容易使听众们倾心的，并不是构成戏剧的要点。当我正这样静静的想着而且阖上了眼睛，一种奇异的偶合发生了，在那被更深沉的夜色所淹没的柳树林里我听见了两个幽灵或者老年人带着轻缓的脚步声走到一只游椅前坐了下去，而且，一声柔和的叹息后，开始了低弱的但尚可辩解的谈话：

——我早已期待着你了。当我黄昏里坐在窗前低垂着头，或者半夜里伸出手臂触到了暮年的寒冷，我便预感到你要回来了。

——你预感到？

——是的。你没有这同样的感觉吗？

——我有一种不断的想奔回到你手臂里的倾向。在这二十年

① 梅特林克：莫里斯·梅特林克（Maurice Maeterlinck，1862—1949），比利时剧作家、诗人、散文家。——编者注

里的任何一天，只要你一个呼唤，一个命令。但你没有。直到现在我才勇敢的背弃了你的约言，没有你的许诺也回来了，而且发现你早已期待着我了。

——不要说太晚了。你现在微笑得更温柔。

——我最悲伤的是我一点也不知道这长长的二十年你是如何度过的。

——带着一种凄凉的欢欣。因为当我想到你在祝福着我的每一个日子，我便觉得它并不是不能忍耐的了。但近来我很悒郁。古人云，鸟之将死，其鸣也哀，仿佛我对于人生抱着一个大的遗憾，在我没有补救之前决不能得到最后的宁静。

——于是你便预感到我要回来了？

——是的。

——你那使我从前十分迷惑的定命论现在再不能说服我了，因为早经历了许多人事的许多不幸。

——但我总相信着我给自己说的预言，而且后来都灵验了。不仅你现在的回来我早已预感到，在二十年前我们由初识到渐渐亲近起来后我就被一种自己的预言缠绕着，像一片不吉祥的阴影。

——你那时并没有向我说。

——我不愿意使你也和我一样不安。

——我那时已注意到你的不安。

——我严厉的禁止我自己的泄露。我觉得一切沉重的东西都应该由我独自担负。

该忘的忘　该放的放

——现在我们可以像谈说故事一样来谈说了。

——是的，现在我们可以像谈说故事里的人物一样来谈说我们自己了。但一开头便是多么使我们感动的故事呵。在我们还不十分熟识的时候，一个三月的夜晚，我从独自的郊游回来，带着寂寞的欢欣和疲倦走进我的屋子，开了灯，发现了一束开得正艳丽的黄色的连翘花在我书桌上和一片写着你亲切的语句的白纸。我带着虔诚的感谢想到你生怯的手。我用一瓶清水把它供在窗台上。以前我把自己当作一个旁观者，静静的看着一位少女为了爱情而颠倒，等待这故事的自然的开展，但这个意外的穿插却很扰乱了我，那晚上我睡得很不好。

——并且我记得你第二天清早就出门了，一直到黄昏才回来，带着奇异的微笑。

——一直到现在你还不知道我怎样度过了那一天。那是一种惊惶，对于爱情的闯入无法拒绝的惊惶。我到一个朋友家里去过了一上午。我坐在他屋子里很雄辩的谈论着许多问题，望着墙壁上的一幅名画，蓝色的波涛里一只三桅船快要沉没，我觉得我就是那只船，我徒然伸出求援的手臂和可哀怜的叫喊。快到正午时我坚决的走出了那位朋友的家宅。在一家街头的饭馆里独自进了我的午餐。然后远远的走到郊外的一座树林里去。在那树林里我走着躺着又走着，一下午过去了，我给自己编成了一个故事。我想象在一个没有人迹的荒山深林中有一所茅舍，住着一位因为干犯神的法律而被贬谪的仙女；当她离开天国时预言之神向她说，若干年后一位年青的神要从她茅舍前的小径上走过，假若她能用蛊惑的歌声留下了他，她就可以得救；若干年过去了，一个黄昏，她凭倚在窗前，第一次听见了使她颤悸的脚步声，使她激动的发出了歌唱。但那骄傲的脚步声踟蹰了一会儿便向前响去，消失在黑暗里了。

——这就是你给自己说的预言吗？为什么那年轻的神不被留下呢？

——假若被留下了他便要失去他永久的青春。正如那束连翘花，插在我的瓶里便成为最易凋谢的花了，几天后便飘落在地上像一些金色的足印。

——现在你还相信着永久的青春吗？

——现在我知道失去了青春人们会更温柔。

——因为青春时候人们是夸张的？

——夸张的而且残忍的。

——但并不是应该责备的。

——是的，我们并不责备青春……

倾听着这低弱的幽灵的私语，直到这个响亮的名字，青春，像回声一样弥漫在空气中，像那痴恋着纳耳斯梭[①]的美丽的山林女神因为得不到爱的报答而憔悴而变成了一个声响，我才从化石似

① 纳耳斯梭：英文 Narcissus 音译，今译为那喀索斯，希腊神话中的美少年。山林女神厄科爱慕那喀索斯而不得，在山林中徘徊，最终化为一道回声。——编者注

在秋天的园子里找到了迟暮的花

的瞑坐中张开了眼睛抬起了头。四周是无边的寂静。树叶间没有一丝微风吹过。新月如半圈金环，和着白色小花朵似的星星嵌在深蓝色的天空里。我感到了一点寒冷。我坐着的石头已生了凉露。于是我站起来扶着手杖准备回到我的孤独的寓所去。而我刚才窃听着的那一对私语者呢，不是幽灵也不是垂暮重逢的伴侣，是我那在二十年前构思了许久但终于没有完成的四幕剧里的两个人物，那时我觉得他们很难捉摸描画，在这样一个寂寥的开展在荒废的园子里的夜晚却突然出现了，因为今天下午看着墙上黄铜色的暖和的阳光我记起了很久很久以前的一个秋天，我打开了一册我昔日嗜爱的书读了下去，突然我回复到十九岁时那样温柔而多感，因为在那书里我找到了一节写在发黄的纸上的以这样两行开始的短诗：

在你眸子里我找到了童年的梦，

如**在秋天的园子里找到了迟暮的花**。

印度洋上的秋思（节选）

/

徐志摩

昨夜中秋。黄昏时西天挂下一大帘的云母屏，掩住了落日的光潮，将海天一体化成暗蓝色，寂静得如黑衣尼在圣座前默祷。过了一刻，即听得船梢布篷上窸窸窣窣啜泣起来，**低压的云夹着迷蒙的雨色，将海线逼得像湖一般窄**，沿边的黑影，也辨认不出是山是云，但涕泪的痕迹，却满布在空中水上。

低压的云夹着迷蒙的雨色，将海线逼得像湖一般窄

又是一番秋意！那雨声在急骤之中，有零落萧疏的况味，连着阴沉的气氲，只是在我灵魂的耳畔私语道：“秋！”我原来无

欢的心境，抵御不住那样温婉的浸润，也就开放了春夏间所积受的秋思，和此时外来的怨艾构合，产出一个弱的婴儿——“愁”。

天色早已沉黑，雨也已休止。但方才啜泣的云，还疏松地幕在天空，只露着些惨白的微光，预告明月已经装束齐整，专等开幕。同时船烟正在莽莽苍苍地吞吐，筑成一座蟒鳞的长桥，直联及西天尽处，和轮船泛出的一流翠波白沫，上下对照，留恋西来的踪迹。

北天云幕豁处，一颗鲜翠的明星，喜孜孜地先来问探消息，像新嫁媳的侍婢，也穿扮得遍体光艳。但新娘依然姗姗未出。

我小的时候，每于中秋夜，呆坐在楼窗外等看“月华”。若然天上有云雾缭绕，我就替“亮晶晶的月亮”担忧。若然见了鱼鳞似的云彩，我的小心就欣欣怡悦，默祷着月儿快些开花，因为我常听人说只要有“瓦楞”云，就有月华；但在月光放彩以前，我母亲早已逼我去上床，所以月华只是我脑筋里一个不曾实现的想象，直到如今。

现在天上砌满了瓦楞云彩，霎时间引起了我早年许多有趣的记忆——但我的纯洁的童心，如今哪里去了！

月光有一种神秘的引力。她能使海波咆哮，她能使悲绪生潮。月下的喟息可以结聚成山，月下的情泪可以培畤百亩的畹兰，千茎的紫琳耿。我疑悲哀是人类先天的遗传，否则，何以我们几年不知悲感的时期，有时对着一泻的清辉，也往往凄心滴泪呢？

但我今夜却不曾流泪。不是无泪可滴，也不是文明教育将我最纯洁的本能锄净，却为是感觉了神圣的悲哀，将我理解的好奇心激动，想学契古特白登[1]来解剖这神秘的“眸冷骨累[2]”。冷的智永远是热的情的死仇。他们不能相容的。

① 契古特白登：今译夏多布里昂（Chateaubriand，1768—1848），法国作家。——编者注

② 眸冷骨累：英文 melancholy 音译，意为“忧郁、悲伤”。——编者注

又是一年芳草绿

/
老舍

悲观有一样好处，它能叫人把事情都看轻了一些。这个可也就是我的坏处，它不起劲，不积极。您看我挺爱笑不是？因为我悲观。悲观，所以我不能板起面孔，大喊："孤——刘备！"我不能这样。一想到这样，我就要把自己笑毛咕了。看着别人吹胡子瞪眼睛，我从脊梁沟上发麻，非笑不可。我笑别人，因为我看不起自己。别人笑我，我觉得应该；说得天好，我不过是脸上平润一点的猴子。我笑别人，往往招人不愿意；不是别人的量小，而是不像我这样稀松，这样悲观。

我打不起精神去积极的干，这是我的大毛病。可是我不懒，凡是我该做的我总想把它做了，总算得点报酬养活自己与家里的人——往好了说，尽我的本分。我的悲观还没到想自杀的程度，不能不找点事做。有朝一日非死不可呢，那只好死喽，我有什么法儿呢？

这样，你瞧，我是无大志的人。我不想当皇上。最乐观的人才敢做皇上，我没这份胆气。

有人说我很幽默，不敢当。我不懂什么是幽默。假如一定问我，我只能说我觉得自己可笑，别人也可笑；我不比别人高，别人也不比我高。谁都有缺欠，谁都有可笑的地方。我跟谁都说得来，可是他得愿意跟我说；他一定说他是圣人，叫我三跪九叩报门而进，我没这个瘾。我不教训别人，也不听别人的教训。幽默，据我这么想，不是嬉皮笑脸，死不要鼻子。

也不是怎股子劲儿，我成了个写家。我的朋友德成粮店的写帐先生也是写家，我跟他同等，并且管他叫二哥。既是个写家，当然得写了。“风格即人”——还是“风格即驴”？——我是怎个人自然写怎样的文章了。于是有人管我叫幽默的写家。我不以这为荣，也不以这为辱。

我写我的。卖得出去呢，多得个三块五块的，买什么吃不香呢。卖不出去呢，拉倒，我早知道指着写文章吃饭是不易的事。

稿子寄出去，有时候是肉包子打狗，一去不回头；连个回信也没有。这，咱只好幽默；多咱见着那个骗子再说，见着他，大概我们俩总有一个笑着去见阎王的。不过，这是不很多见的，要不怎么我还没想自杀呢。常见的事是这个，稿子登出去，酬金就睡着了，睡得还是挺香甜。直到我也睡着了，它忽然来了，仿佛故意吓人玩。数目也惊人，它能使我觉得自己不过值一毛五一斤，比猪肉还便宜呢。这个咱也不说什么，国难期间，大家都得受点苦，人家开铺子的也不容易，掌柜的吃肉，给咱点汤喝，就得念佛。是的，我是不能当皇上，焚书坑掌柜的，咱没那个狠心，你看这个劲儿！不过，有人想坑他们呢，我也不便拦着。

陆　不做长戚戚的小人

这么一来，可就有许多人看不起我。连好朋友都说："伙计，你也硬正着点，说你是为人类而写作，说你是中国的高尔基；你太泄气了！"真的，我是泄气，我看高尔基的胡子可笑。他老人家那股子自卖自夸的劲儿，打死我也学不来。人类要等着我写文章才变体面了，那恐怕太晚了吧？我老觉得文学是有用的；拉长了说，它比任何东西都有用，都高明。可是往眼前说，它不如一尊高射炮，或一锅饭有用。我不能吆喝我的作品是"人类改造丸"，我也不相信把文学杀死便天下太平。我写就是了。

别人的批评呢？批评是有益处的。我爱批评，它多少给我点益处；即使完全不对，不是还让我笑一笑吗？自己写的时候仿佛是蒸馒头呢，热气腾腾，莫名其妙。及至冷眼人一看，一定看出许多错儿来。我感谢这种指摘。说的不对呢，那是他的错儿，不干我的事。我永不驳辩，这似乎是胆儿小；可是也许是我的宽宏大量。我不便往自己脸上贴金。一件事总得由两面瞧，是不是？

对于我自己的作品，我不拿她们当作宝贝。是呀，当写作的时候，我是卖了力气，我想往好了写。可是一个人的天才与经验是有限的，谁也不敢保了老写的好，连荷马也有打盹的时候。有的人呢，每一拿笔便想到自己是但丁，是莎士比亚。这没有什么不可以的，天才须有自信的心。我可不敢这样，我的悲观使我看轻自己。我常想客观的估量估量自己的才力；这不易做到，我究竟不能像别人看我看得那样清楚；好吧，既不能十分看清楚了自己，也就不用装蒜，谦虚是必要的，可是装蒜也大可以不必。

对做人，我也是这样。我不希望自己是个完人，也不故意的招人家的骂。该求朋友的呢，就求；该给朋友做的呢，就做。做的好不好，咱们大家凭良心。所以我很和气，见着谁都能扯一套。可是，初次见面的人，我可是不大爱说话；特别是见着女人，我简直张不开口，我怕说错了话。在家里，我倒不十分怕太太，可是对别的女人老觉着恐慌，我不大明白妇女的心理；要是信口开河的说，我不定说出什么来呢，而妇女又爱挑眼。男人也有许多爱挑眼的，所以初次见面，我不大愿开口。我最喜辩论，因为红着脖子粗着筋的太不幽默。

我最不喜欢好吹腾的人，可并不拒绝与这样的人谈话；我不爱这样的人，但喜欢听他的吹。最好是听着他吹，吹着吹着连他自己也忘了吹到什么地方去，那才有趣。

可喜的是有好几位生朋友都这么说："没见着阁下的时候，总以为阁下有八十多岁了。敢情阁下并不老。"是的，虽然将奔四十的人，我倒还不老。因为对事轻淡，我心中不大藏着计划，作事也无须要手段，所以我能笑，爱笑；天真的笑多少显着年轻一些。我悲观，但是不愿老声老气的悲观，那近乎"虎事"。我愿意老年轻轻的，死的时候像朵春花将残似的那样哀而不伤。我就怕什么"权威"咧，"大家"咧，"大师"咧，等等老气横秋的字眼们。我爱小孩，花草，小猫，小狗，小鱼；这些都不"虎事"。偶尔看见个穿小马褂的"小大人"，我能难受半天，特别是那种所谓聪明的孩子，让我难过。比如说，一群小孩都在那儿看变戏法儿，我也在那儿，单会有那么一两个七八岁的小老头说："这都是假的！”这叫我立刻走开，心里堵上一大块。世界确是更“文明”了，小孩也懂事懂得早了，**可是我还愿意大家傻一点，特别是小孩**。假若小猫刚生下来就会捕鼠，我就不再养猫，虽然它也许是个神猫。

可是我还愿意大家傻一点，特别是小孩

我不大爱说自己，这多少近乎“吹”。人是不容易看清楚自己的。

不过，刚过完了年，心中还慌着，叫我写“人生于世”，实在写不出，所以就近的拿自己当材料。万一将来我不得已而做了皇上呢，这篇东西也许成为史料，等着瞧吧。

消极中的积极

/

邹韬奋

据在下近来体验所得，深觉我们倘能体会“消极中的积极”之意味，一方面能给我们以大无畏的精神和勇往迈进的勇气，一方面能使我们永远不至自满，永远不至发生骄矜的观念。

孔老夫子是我国历史上的一位伟人，他视富贵如浮云，是何等的消极！据他的一位很刚强的弟子子路说，他明明是“道之不行，已知之矣”，又是何等的消极！但是他却不赞成当时长沮和桀溺（均与孔子同时的隐者）一流人的行为。他自三十五岁起由鲁国往齐国，周游列国，仍冀于无可为之中而或可获得多少的结果，一直奔到六十八岁才回到鲁国。孟子说他“三月无君则皇皇然”，则又何等的积极！

无论何人不能不承认孙中山先生是我国近代史上的一位伟人，据他自述：“……虽身当百难之冲，为举世所非笑唾骂，一败再败，而犹冒险猛进者，仍未敢望革命排满事业能及吾身而成者也……”以孙先生的眼光与魄力，在当时还是“未敢望革命排满事业能及吾身而成”，其消极为何如？但是“未敢望”尽管“未敢望”，却能于“一败再败”之余“而犹冒险猛进”，其积极又何如？

孔老夫子是我国历史上的一位伟人，他视富贵如浮云

以“道之不行，已知之矣”为背景，以“未敢望及吾身而成”为背景，可以说是以消极为背景；以消极为背景的积极进取，不知有所谓失望，不知有所谓失败，因为失望和失败都早在预期之中，本为常例，不是为例外。世之不敢进取者无非怕失望，无非怕失败，以消极为背景的积极进取既不怕什么失望，也不怕什么失败，

则明知向前进取尚有上面所谓“例外”者可得，坐而不动则永在上面所谓“常例”者之中，两相比较，还是以进取为得计；况且进取即不幸，至多如未进取时之一无所获，则本为消极的意料中所固有，静以顺受，无所怨怼。所以我说“消极中的积极”能给我们以大无畏的精神和勇往迈进的勇气；只有不怕失望不怕失败的人才有大无畏和勇往迈进的精神。

我个人对于人生就以消极为背景，我深信有了以消极为背景的人生观，然后对于事业才能彻底的积极干去。我记得陈畏垒先生在他所做的《人生如游历的旅客》一文里有这样的几句：“我们此地不能讨论到世界的原始和宇宙的终极，但是我们每一个小我的人生，所谓‘上寿百年’，年寿上是有限制的，古人说‘视死如归’，虽没有说归于何处，而大地上物质不灭的原则是推不翻的，我们不必问灵魂的有无，我们可以说我们最后的归宿便是形体气质——仍归于所自生的世界。宗教家言所谓来处来，去处去，我们要改为来处来，还从来处去。承认了这一个前提，那么我们自少而壮而老这一段生存的时间，岂不是和‘旅行’没有两样？”我完全和他表同情，我所以对于人生以消极为背景，也是因为感觉“每一个小我的人生”在“年寿上是有限制的”，“我们最后归宿”都不免“形体气质——仍归于所自生的世界”。有了这样的感觉，我们便应该明澈的了解：我们所能做的事只有竭尽我们的能力，利用我们的机会和“生存的时间”，能为社会或人群做到哪里算哪里，决用不着存什么“把持”或“包办”的念头。再说得明白些，有一天给我做，我就欣欣然聚精会神的干去；明天不给我做，也不心灰，也不意冷。为什么呢？因为我想得穿了，我横竖要“仍归于所自生的世界”，我只能有一日做一日，有得做便做，没得做便找些别的做；我做了三十年四十年，或做了数天数年，在人类千万年的历史上有什么差异？如能给我多做几年或几十年，只要我做得好，在此有得做的时期内，已有人受到我的多少好处；做到没得做的时候，要滚便滚。有了这样的态度，便能常做坦荡荡的君子，不至常做长戚戚的小人；不但失望失败丝毫不足以攖吾心，就是立刻死了（奋斗到死，不是自寻短见的死），也不算什么一回事。

反过来想，就是有些成就，以我们在“年寿上是有限制的”“一个小我的人生”，其所作为在人类千万年历史上的事功里，所占地位之微细或犹不及沧海之一粟，只有尽我有涯之生向着无穷尽的路上前进，做多少算多少，有何足以自傲之处？所以我说“消极中的积极”能使我们永远不至自满，永远不至发生骄矜的观念，因为只有能把眼光放得远的人才能“矫首望八荒，乾坤一何大，安荣无遽欣，患难无遽憨”。（曾文正《不求》诗中语。）

柒 滔滔人间寻清欢

人若能知足，虽贫不苦；若能安分（不多作分外希望），虽失意不苦；老、病、死，乃人生难免的事，达观的人看得很平常，也不算什么苦。

——梁启超

人生价值的最低限度

/
王统照

“人生”二字我们要认识他的真正价值，要估衡他的价值的分量，因这个问题，久已费尽多数贤哲的心脑，但高谈玄理，则不切于事实，过重唯物观，则弃却精神上的感受。两者皆不获其正解，因之驳辩纷起，多归无当，我想固然人生问题甚难分解，而我们一日彳亍在生之途上，即不能不求生之决定；因为没有这一点，我们又如何有立身安心的东西？在我们的内在的意识、外在的环境中却如何去生存着？即如中国的哲学，诚属多偏于侈谈性理，近于谈玄，而所谓“飞鸟鱼跃”；所谓“执两用中”；所谓“即去即行”；所谓“克己复礼”；所谓“存天性而祛物欲”，这些话极似迂阔，无当事实，然在主此说者之个人所服膺毋失，见诸行事。已足以使其终生受用不尽。其说的是非正误，属于哲学思想的批评范围以内，姑不与论；而他所以必要主张一种如合格之般的言词去切己励行，正是他从繁复迷惚的人生的歧途中，找得一条路去走。其为坦坦荡的大道，或是迂曲崎岖的小径，那就不可得而知，在行者自身，则确是走上万“人生”的途径。由此他可以得到优游快乐的报偿，也可以得到悲苦爵烦的施礼，不过他究竟不是没曾尝试到人生之趣味的。

人生价值，谁也没有一定不移的衡。但至少每人总要有他自己的。因为人本是有感觉及运动二种本然，又有由此二者运合而成的反射功用及其想象，于是对于事物，有善恶的评论；对于思想有取舍的分别。意志的起源，与掳而充之而成的社会连合的根本条件，全由此微点发生。人类的历史，即是感觉与运动的发达史；而此二者的根本关系，却全由每个人的人生价值之决定的各别态度而异其趋向。感觉固属本能运动亦然，不过除了无知无觉的婴儿之外，其天然的本能，恒受外围的环境，及内在的意识之变更所支配改变，时时不同，此理甚深，非此篇所能尽述，但例如宗教上神力开信仰，哲理上探求的默示，文学上情绪的倾流，也何尝脱离各个人所认识决定的人生价值的范围外去。赫胥黎曾谓："夫性之为言，义训非一，约而言之，凡自然者谓之性；与生俱生者谓之性。故有曰万物之性，大川水流，鸢飞鱼跃是已；有曰人生之性，心知血气嗜欲情感是已。"（从严译）自然的，与生俱表的，这就是人生而具的本能，不过本能有时受了外围的迫逼，变迁，当然不能在一个范畴之中，其所以能改其方向的，一句话就是由于各个人对于其"人生"价值之认识不同之故。

一个纵横捭阖的政客，他是有何等人生价值之决定？一个肩柴的樵子，他是有何等人生价值的决定？一个多愁而柔性的少女，她是有何等的人生价值的决定？一个博闻广识的学者，他有何等人生价值的决定？推而至于无量敌人等，处境不同思想不同，经验不同，自然会路出多歧。但正如尼采所说的重新估定价值，只有被我们自己去决定而已。我们在这等纷扰、迷妄的时代，虽是我们自己宁愿抛开这个问题不管，但自然的趋势，会使我们有决定主观上的人生价值的必要。什么“不朽”，什么“永在”，什么“大自我的扩展”，什么“人生的绵延”，这些哲学者的话，也都是由此中产出的。渺小的我，将何适何从。

人生价值的最低限度，我的直观以有二种。

（一）情绪生活的游衍，胡致斋虽有一句话是“学者务名。所学虽博，与自己性分，全无干涉，须甚事？”古人治学，以理学家的眼光来治学：尚须时时提到性分两个字上去，可见过重计较而偏倾理想的生活，是在人间不能恒存的。近代文学批评家温齐司德曾有一句话是“情绪在一种地位上是自重的，人格的；非在他方面却是普遍的”。人类社会所以当教人留恋，使人涵濡于其中的，只有人间真正情绪的谈洽融合。理情诚能开启知识的秘钥，然而他使我们学，使我们去，却不能使我们从纯直的心中感到永久的趣味。所以一个人非少却情绪的生活，不特他自力觉得在人生的险峻与崎岖的长途上，走的乏味，即客观的森罗万象，也感到冷漠之感。项安世曾说：“天地万物之所以感，所以久，所以聚，必有情焉，万物生感也，万古养一久也，会一归一聚也，去斯三者而天地万物之理毕矣。”我说人必须有情绪生活的游衍处亦有在长。感“久”，“聚”，都是在人间建行不见的，但少却情绪来作缝系的锁链，试问世界能否不成一个沙漠？

只是盲目作事，研究，到底却为何来？固然人生绝没有尽极的目的，而在此中，亦要多少感点趣味，他方识得人生之真义。独有情绪生活能担当起这个重任，花开鸟啼，云飞虫散，以及真诚的哀乐的情绪的发挥；或感，或动，或思，或行，不计较，不预算，正其所不能不正，行其所不能不行，这正是宇宙的洪流，所以永没有停息之一日的缘故，而戒于此中也可得到人生价值的趣味了。

（二）自己人生观的确定。德国哲学名家康德以为注重主观之形式，皆由我之自觉性所产生。我想人间的形形色色皆属外在的，设使我们完全弃去主观上的审定、甄别、取舍，则外物于何有？我们的行为知觉，以及与外在的客观物体，处与有关系的无一非自我活动的结果。哲学上所谓的认识论，与此自我的活动有极大的关系，我姑不引证，然有我而后有世界，世界一切的印象及其活动，皆视我为转移，故**名花皎月，当其境者有哀愉之不同**；醇酒胜地在其时者有恬然优劣之分界，盖自我的人生观至不一律，黑白是非，乃不纳入于一种轨物之中。人的观念，随时空而有变化；但所谓时间，亦间俱属活动的瞬变的，人类的感有对于他们，所以起不合的应感者，又由于教育，经验环境种种的暗示中来。总而言之：人生观固不一律，但最低限度总要有一个，而且每个人有一个。如有的偏重直觉生活，有的偏重理性生活：也有人愿以醇酒妇人而度其浪漫之生，有人则力学孳孳以遂其长去之愿，但流芳与遗臭原没有了不得的分别，其是非且不论而至其自己确定

名花皎月，当其境者有哀愉之不同

的人生观，总胜于且以优游，且以卒岁者远甚。人有其一定的人生观，方可以有鹄可射，有光可寻；换句话：就是有路可走。如此等人，无论如何有其自觉的地方，所谓生存者即是被觉（to is to de Helceiued），他所以有被觉之处，便可立下他的人生观的界限，由此可以循轨而趋其生活不是无目的，空处，浮薄，无聊了。

上述二端，是我匆忙中所想的，要求人生价值的最低限度的必要条件。也是人所以在“生”中多少寻点趣味的地方。至于何种情绪为相实，何种人生观为妥适，非本文中论所及，只得付之阙如了。

爱与人生

/

邹韬奋

天下极乐之根源莫如爱，天下极苦之根源亦莫如爱。然苟得爱之胜利，则虽极苦之中有极乐存焉。则谓爱亦极苦之根源，实表面之谈。谓爱为极乐之根源，乃真天地间万古不磨之真理也。其势力盖足支配芸芸众生，无有能越其界限者。得之则人生有价值，不得则人生无价值。知此则人生有乐趣，不知此则人生无乐趣。爱为人生之秘机，爱为人生之秘钥。人兽之别，即系乎此。

天地间爱之最真挚者有二，曰母子之爱与夫妇之爱。孟子谓三军可夺帅，匹夫不可夺志。母子之爱与夫妇之爱，虽赴汤蹈火，绝地殊身，有不能损其毫末者。其精神直可动天地，泣鬼神，莽莽大地，芸芸众生，至德极善，天以逾此母子之爱占人之前半生，夫妇之爱占人之后半生。人之一生，盖为爱所抚养，爱所卫护，爱所浸润，爱所维持。人生无爱毋宁死，人生有爱虽死犹生。

母子之爱与夫妇之爱皆本诸天性，与有生俱来，不过表显有先后。其潜伏于本能中，则固其同为天地间最纯最洁之爱，根源即在乎此。

儿童终日与慈母相依，亲近抚爱，融和如春。无第三人离间其间。母子心目中，除爱外，无所用其顾忌，无所用其避嫌，无所用其抑制。故能存其天真，保其真爱。

儿童终日与慈母相依，亲近抚爱

夫妇之爱，其出于天性，与母子同。然在吾国则但见母子之爱，至于夫妇间则十八九皆冷淡如路人，与天性适相背驰，则又何哉。

吾固已言之，母子之爱占人之前半生，夫妇之爱占人之后半生。若仅得母子之爱而缺夫妇之爱，则谓大多数人仅生得一半。前半生有其生命，后半生虽生犹死，殆非过言。呜呼，何吾国死人之多也。吾为此惧，请为国人一采其致死之由。

最先由于基础之错误，正当婚姻应先有恋爱而后有夫妇。吾国之大多数婚姻固无所谓恋爱，即有恋爱亦往往在名分已定之后。

其间出于不得已者居十之八九。此其遗憾，虽女娲再世，无力填补。夫人无愉快欣慰之怀，而希冀其常有和气迎人之笑容温语，固不可得。若虽有愉快欣慰之怀，乃非由衷心，出于勉强，则其表面即强作笑容，其实际盖吞声饮泣，有不足为外人道者。即有笑容温语亦暂而不久，伪多而真少也。明乎此，则吾国夫妇间何以冷淡如路人，其原因可不待辩而自明。盖本无所爱，不能强作爱之表现。犹之乎本无母子之情，而欲强一任何妇人视一任何儿童如己子，强一任何儿童视一任何妇人如己母，除于戏台上一时扮装之外，遍天地间不可得也。呜呼，彼本为路人又安怪其冷淡如路人哉。

其次由于腐儒之提倡陋俗。吾国腐儒所极力提倡之陋俗，足以摧残夫妇间之和气生气，使之灭息无复有余烬者，莫如“夫妇相敬如宾”及“举案齐眉”各谰言。吾人聚素心人促膝谈心于一室，无所拘束，无所顾忌，言笑自如，各畅所怀，行坐任意，举止自由，其快乐安慰较与新客同座，端坐拱手，唯诺随人，其相差岂可以道里计。然而吾人对于素心人之情谊，较与新客之情谊，又何若。今以夫妇之亲且爱，而劝其相敬如宾，已近囚狱，苟益以举案齐眉之行为，则径可以加以锣鼓与猴戏比其优劣矣。此虽为例不多，常人未必皆尝行此，然有腐儒举为鹄的以示模范，其流弊所及，足以丧尽能医众苦之真爱而有余。腐儒不足责，吾惟祷其速死。活泼有为之青年，安可不稍稍运其思想，一洗陋俗，而勿再为半死之人。当知“恭恭敬敬”“客客气气”，皆为招待路人之良法。

至于夫妇之间，则以融和怡悦为尊尚。

最后由于腐败之大家族环境，一人前半生所享受之母子之爱，无人间之，后半生所享受之夫妇之爱，则在吾国之陋俗，有多端之离间。其最甚者，莫如腐败之大家族环境。夫妇之爱，无论如何其受授及享用，皆绝对仅限于当局之二人，不容有第三人搀杂其间。吾信此实可为社会学中之一定律。欲保持此定律之价值及完备，其第一条件，在有小家庭制度。若在腐败之大家族环境内，则欲搀杂或破坏，最少亦有阻碍之力者大有人在。苛虐之翁姑固无论已。即叔伯妯娌亦居间阻碍。此数人而能与此小夫妇团结一气，则将二人之爱而推广扩充之，成为数人之爱。爱之本身，固尚自若，无如夫妇之爱无论如何绝对限于当局之二人。谓此为我所发明之社会学中定律，亦无不可。即当局愿让，旁人亦无福消受。旁人既无能消受，乃无时不肆其谗谤倾轧之伎俩。当局为避嫌计，不得不敛其爱之形迹。于是虽于彼此言笑之间，苟非在晏居之处，未有不存戒心者。而其尤当力戒以避人耳目者，莫甚于亲爱之态度。戒之既甚，易之者舍冷淡莫属。冷淡既久，爱之精神亦随之湮没。盖精神虽为表现之本，表现亦助精神之长存。久作愁眉哭脸之人，心境亦随之俱移。此则心理学家所证明，非区区一人之私言也。呜呼，腐败之大家族环境。庆父不去，鲁难未已。此恶不除，家庭永无改良之由。半死之人遍国中，永无超度之期矣。或曰，子喋喋言爱与人生，人生所贵亦在为人类“服务”service[①] 耳。仅孜孜于爱之为言，何见之未广乎。曰，基督教之精粹在为人类服务，

① service：英文，意即“服务”。——编者注

而其精义则以爱置于希望之前，人生得全其爱则学识道德及事业皆得其滋养而日增光辉，服务之凭藉亦全在乎此。子乃不揣其本而齐其末，殆亦半死之流亚欤。吾复何言。

中年人的寂寞

/

夏丏尊

我已是一个中年人。一到中年，就有许多不愉快的现象。眼睛昏花了，记忆力减退了，头发开始秃脱而且变白了，意兴、体力什么都不如年轻的时候，常不禁会感觉到难以名言的寂寞的情味。尤其觉得难堪的是知友的逐渐减少和疏远，缺乏交际上的温暖的慰藉。

不消说，相识的人数是随了年龄增加的。可是相识的人并不就是朋友。我们和许多人相识，或是因了事务关系，或是因了偶然的机缘——如在别人请客的时候同席吃过饭之类。见面时点头或握手，有事时走访或通信，口头上彼此也称“朋友”，笔头上有时或称“仁兄”，诸如此类，其实只是一种社交上的客套。这种交际可以说是社交，和真正的友谊相差似乎很远。

真正的朋友，恐怕要算**“总角之交”**或**“竹马之交”**了。在小学和中学的时代容易结成真实的友谊，那时彼此尚不感到生活的压迫，入世未深，打算计较的念头也少，朋友的结成全由于志趣相近或性情适合，差不多可以说是“无所为”的，性质比较地纯粹。二十岁以后结成的友谊，大概已不免掺有各种各样的颜色分子在内。至于三十岁四十岁以后的朋友中间，颜色分子愈多，友谊的真实成分也就不免因而愈少了。这并不一定是“人心不古”，实可以说是人生的悲剧。人到了成年以后，彼此都有生活的重担须负，入世既深，顾忌的方面也自然多起来，在交际上不许你不计较，不许你不打算，结果彼此都“钩心斗角”，像七巧板似的只选定了某一方面和对方去接合。这样的接合当然是很不坚固的。

“总角之交”或“竹马之交”

在我自己的交游中，最值得系念的老是一些少年时代以来的朋友。这些朋友本来数目就不多，有些住在远地，连相会的机会也不可多得。他们有的年龄大过了我，有的小我几岁，都是中年以上的人了，平日各人所走的方向不同，思想、趣味、境遇也都不免互异，大家晤谈起来，也常会遇到说不出的隔膜的情形。如大家话旧，旧事是彼此共喻的，而且大半都是少年时代的事，“旧游如梦”，把梦也似的过去的少年时代重提，因了谈话的进行，同时会联想起许多当时的事情，许多当时的人的面影，这时好像自己仍回归少年时代去了。我常在这种时候感到一种快乐，同时也感到一种伤感，那情形好比老妇人突然在抽屉里或箱子里发现了她盛年时的影片。

逢到和旧友谈话，就不知不觉地把话题转到旧事上去，这是我的习惯。我在这上面无意识地会感到一种温暖的慰藉。可是这些旧友，一年比一年减少了，本来只是屈指可数的几个，少去一个是无法弥补的。我每当听到一个旧友死去的消息，总要惆怅多时。

学校教育给我们的好处不但只是灌输知识，最大的好处恐怕还在给予我们求友的机会上。这好处我到了离学校以后才知道，这几年来更确切地体会到，深悔当时毫不自觉，马马虎虎地过去了。近来每日早晚在路上见到两两三三地携着书包、携了手或挽了肩膀走着的青年学生们，我总艳羡他们有朋友之乐，暗暗地要在心中替他们祝福。

最苦与最乐

/

梁启超

人生什么事最苦呢？贫吗？不是。病吗？不是。失意吗？不是。老吗？死吗？都不是。我说人生最苦的事，莫苦于身上背着一种未来的责任。

人若能知足，虽贫不苦；若能安分（不多作分外希望），虽失意不苦；老、病、死，乃人生难免的事，达观的人看得很平常，也不算什么苦。独是凡人生在世间一天，便有一天应该做的事。该做的事没有做完,便像是有几千斤重担子压在肩头,再苦是没有的了。为什么呢？因为受那良心责备不过，要逃躲也没处逃躲呀！

答应人办一件事没有办，欠了人的钱没有还，受了人家的恩典没有报答，得罪错了人没有赔礼，这就连这个人的面也几乎不敢见他；纵然不见他面，睡里梦里都像有他的影子来缠着我。为什么呢？因为觉得对不住他呀，因为自己对于他的责任还没有解除呀！不独是对于一个人如此，就是对于家庭、对于社会、对于国家，乃至对于自己，都是如此。凡属我受过他好处的人，我对于他便有了责任。（家庭、社会、国家，也可当作一个人看。我们都是曾经受过家庭、社会、国家的好处，而且现在还受着它的好处，所以对于它常常有责任。）凡属我应该做的事，而且力量能够做得到的，我对于这件事便有了责任。（譬如父母有病，不能靠别人伺候，这是我应该做的事，求医觅药，是我力量能做得到的事。我若不做，便是不尽责任。医药救得转来救不转来，这却不是我的责任。）凡属我自己打主意做一件事，便是现在的自己和将来的自己立了一种契约，便是自己对于自己加一层责任。（譬如我已经定了主意，要戒烟，从此便负了有不吸烟的责任。我已经定了主意，要著一部书，从此便有著成这部书的责任。这种不是对于别人负责任，却是现在的自己对于过去的自己负责任。）有了这责任，那良心便时时刻刻监督在后头。一日应尽的责任没有尽，到夜里头便是过的苦痛日子。一生应尽的责任没有尽，便死也是带着苦痛往坟墓里去。这种苦痛却比不得普通的贫、病、老，可以达观排解得来。所以我说人生没有苦痛便罢，若有苦痛，当然没有比这个加重的了。

翻过来看，什么事最快乐呢？自然责任完了，算是人生第一件乐事。古语说得好“如释重负”，俗语亦说是“心上一块石头落了地”。人到这个时候，那种轻松愉快，真不可以言语形容。责任越重大，负责的日子越久长，到责任完了时，海阔天空，心安理得，那快乐还要加几倍哩！大抵天下事，从苦中得来的乐才算真乐。人生须知道有负责任的苦处，才能知道有尽责任的乐处。这种苦乐循环，便是这有活力的人间一种趣味。却是不尽责任，受良心责备，这些苦都是由自己找来的。一翻过来，处处尽责任，便处处快乐；

时时尽责任，便时时快乐。快乐之权操之在己。孔子所以说“无入而不自得”，正是这种作用哩！

君子有终身之忧

然则为什么孟子又说“**君子有终身之忧**”呢？因为越是圣贤豪杰，他负的责任便越是重大，而且他常要把种种责任来揽在身上，肩头的担子从没有放下的时节。曾子还说哩：“任重而道远，死而后已，不亦远乎！”那仁人志士的忧民忧国，那诸圣诸佛的悲天悯人，虽说他是一辈子里苦痛，也都可以。但是他日日在那里尽责任，便日日在那里得苦中真乐，所以他到底还是乐不是苦呀！

有人说，既然这苦是从负责任生来，我若是将责任卸却，岂不就永远没有苦了吗？这却不然，责任是要解除了才没有，并不是卸了就没有。人生若能永远像两三岁小孩，本来没有责任，那就本来没有苦。到了长成，那责任自然压在你头上，如何能躲？不过有大小的分别罢了。尽得大的责任，就得大的快乐；尽得小的责任，就得小的快乐。你若是要躲，倒是自投苦海，永远不能解除了。